Königinnen reiten geile Drachen

Ein Hauch von Drachenfeuer Buch 3

Holly Ryan

Königinnen reiten geile Drachen

Autor: Holly Ryan

Übersetzung: Vanessa

Umschlaggestaltung: German Creative

Die originalausgabe erschien 2019 unter dem Titel "Queens Ride Horny Dragons."

Autor: Lindsey Loucks

2950 NW 29th Ave, STE A624925

Portland, OR 97210

United States

holly@hollyryanwrites.com

Erstes Kapitel

Auf der anderen Seite der schimmernden Grenze zwischen dem Feen- und dem Drachenwandlerland erstreckte sich vor Belle Harrison und mir eine riesige Einöde mit verdrehten, kränklich aussehenden Büschen und abgestorbenem Gras. Etwa eine halbe Meile weiter ragte eine ausgedehnte Stadt in den bedeckten Himmel, deren Außenmauern schwarz wie die Nacht waren.

„Nun." Belle blieb stehen und starrte mit den Händen auf den Hüften ihrer Jeans, während ein kühler Wind eine blonde Locke aus ihrem Dutt löste. „Die dunkle Fee könnte noch einiges über die Ästhetik bei der Begrüßung von Gästen lernen. Wenn sie es gemütlich und einladend haben wollen, sollten sie vielleicht ihren Dekorateur feuern."

Ich neigte meinen Kopf - aber wegen meiner Krone nicht zu weit - über die Landschaft und die Stadt dahinter. „Mir gefällt es eigentlich ganz gut. Ich mag Schwarz. Erinnert mich an meine Seele."

Belle schnaubte. „Tut mir leid, aber du hast keine schwarze Seele. Ich habe schon schwarze Seelen gesehen, glaub mir, und deine ist weit davon entfernt."

„Dann trinke ich meinen Kaffee schwarz." Ich zuckte mit den Schultern, wobei meine immer noch empfindliche Haut von dem Giftkleid, das ich vorhin angezogen hatte, schmerzte. „Aber ich glaube, meine Seele ist schwarz geworden, als Asa von Drachenwandlern entführt wurde. Das war eine sehr dunkle Zeit. Jetzt ist meine Seele einfach nur sauer."

„Das ist fair." Sie hob ihre Hand für ein High Five. „Kaffee-Junkies vereinigt euch. Respekt. Erinnere mich daran, dir irgendwann mal meine Spezialität zu machen."

„Wird gemacht." Sobald ich nicht mehr in zwei Kriegen gleichzeitig kämpfte. Nachdem ich ihr ein „High Five" gegeben hatte, zog ich mein Kleid hoch und löste das Kreuz der Königin von meinem Oberschenkel, in der Hoffnung, dass es uns irgendwie in die richtige Richtung führen würde. Es sollte als Kommunikationsmittel zwischen mir und der Drachenwandlergöttin Léas dienen, aber es funktionierte nicht, obwohl sie hier war. Irgendwo.

Belle stieß einen Pfiff aus. „Eine Frau mit Gadgets, wie ich sehe. Was hast du nicht mitgebracht?"

„Glück, obwohl ich hoffe, dass wir es nicht brauchen werden."

„Ja, dito." Stirnrunzelnd berührte Belle ihre schwarzen Lederholster, die sie sich an die Oberschenkel geschnallt hatte, eines mit einem Dolch darin und eines mit ihrem... Vogelschwert. So hatte sie es jedenfalls genannt. „Tut dir das Klebeband nicht weh?"

Ich lächelte. „Nur wenn ich mich nicht rasiere." Ich gestikulierte zu ihrem Halfter. „Klebeband ist leichter als Leder, lässt sich besser biegen und meine Beine bleiben flexibel."

„Nun, verdammt. Jetzt zweifle ich an meinen Methoden." Sie steckte ihre Locken zurück in ihren Dutt und betrachtete mein Kleid mit Bewunderung. „Aber ich wette, ich trage auch nicht so viele Kleider wie du. Als Diebin musst du deine Gadgets verstecken."

„Und du brauchst deine Waffen in Reichweite für deinen Beruf. Aber du hast recht. Ich habe in letzter Zeit viel zu viele Kleider und Röcke getragen."

Belle lächelte in die Ferne, ihre blauen Augen waren weit weg. „Ich möchte lieber nackt sein."

„Das Gleiche." Ich kicherte, aber das Geräusch verklang schnell, denn die drei, mit denen ich am liebsten nackt gewesen wäre, wurden mir weggenommen.

Ein Schmerz schnitt durch meine Brust, als würde mein Herz zerspringen. Der Drang, zurück über die Grenze zu laufen, um sie zu finden, nagte an mir, aber ich widerstand. Sie zu finden, würde sie nicht retten, aber Léas zu finden, schon. Ich hoffte nur, dass wir das schaffen würden, und zwar schnell.

Belle zückte ihr Vogelschwert. „Ich werde sehen, ob Night's Fall uns direkt zur Göttin bringen kann." Sie stieß es in die Luft. „Bring uns zu Léas." Als nichts passierte, steckte sie es wieder ein und schüttelte den Kopf. „Verdammt pingeliges Schwert."

„Ich habe das Gefühl, dass das nicht einfach wird", sagte ich seufzend.

Als wir uns der Stadt näherten, schlug uns ein schrecklicher Geruch entgegen, wie saure Milch und Mülltonnen an einem heißen Tag. Jedes Fenster, das ich sehen konnte, war mit etwas beschmiert, das wie körniger Teer aussah, und die geschwärzten Wände der Gebäude waren an mehreren Stellen abgeplatzt und zerbröckelt. Die Luft fühlte sich trotz des lebhaften Windes schwer und feucht an und klebte mir die Lungen zusammen.

„Fühlt sich an wie dunkle Magie. Sieht aus wie dunkle Magie. Es riecht nach dunkler Magie", flüsterte Belle, die sich umsah und nichts zu übersehen schien, als wir näher kamen. „Das muss dunkle Magie sein. Sie haftet an der Stadt, als ob sie schon lange hier wäre, aus den Feen herausgesickert und sich hier niedergelassen hätte."

„Schwarz wie das Kreuz der Königin", murmelte ich, keuchte und hielt das Kreuz wie ein Kruzifix vor mich. „Belle. Ich weiß es nicht genau, aber was ist, wenn dieses Kreuz nicht immer schwarz war? Immerhin wurde es von einer Fee benutzt, um einen Drachenwandler zu töten. Vielleicht funktioniert es deshalb nicht bei der Kontaktaufnahme mit Léas."

Sie nickte. „Wegen der dunklen Magie. Wenn wir sie also entfernen, können wir vielleicht deine Göttin finden."

Nicht *meine* Göttin, hätte ich fast argumentiert, aber dann fiel mir ein, dass Léas mit dieser Krone, die ich trug, meine Göttin war, ob ich sie nun anbetete oder nicht. Es geht doch nichts über ein bisschen Zwangsreligion in Kriegszeiten.

„Weißt du, wie man dunkle Magie von Gegenständen entfernen kann?", fragte ich hoffnungsvoll.

„Keine Ahnung. Da es ein Kreuz ist und ich es nicht töten kann, habe ich leider keine Antworten darauf. Sind wir sicher, dass deine Göttin überhaupt hier ist? Dieser Ort scheint verlassen zu sein."

„Sie ist hier irgendwo." Ich unterdrückte einen Seufzer, weil mir die Frustration unter der Haut juckte.

Es gab mehrere Drachenwandlerstädte auf der anderen Seite der Grenze. Wer weiß, ob es nicht auch mehr als eine Fae-Stadt gab? Léas konnte überall sein, aber wir hatten keine Zeit, Verstecken zu spielen. Die Fae töteten die Drachenwandler, wenn sie nicht gerade Menschen fraßen, und die Wandler wurden immer schwächer, weil sie ihren Kraftschub von Léas nicht erhalten hatten. Selbst wenn wir sie finden würden, wollte ich nicht daran denken, was mich jenseits der Grenze erwarten würde.

Wir gingen weiter in die Stadt hinein, unsere Schritte waren laut auf der düsteren Straße. Ich hielt meine Augen offen und suchte die dunklen Schatten hinter Müllcontainern und Stapeln durchweichter Pappkartons ab, während wir weitergingen, und sogar die Dächer hoch oben. Es war buchstäblich niemand hier.

Unbehagen glitt mir wie ein Eiswürfel den Rücken hinunter. Bedeutete das, dass sie alle bereits die Grenze zum Land der Drachenwandler überschritten hatten? Das war es, was sie wollten - Land. Und die leckeren Menschen, die darauf lebten.

Belle ging an mir vorbei, umging einen großen rostigen Ventilator, der in der Nähe einer Pfütze stand, und spähte um die Ecke eines Gebäudes vor ihr.

„Normalerweise habe ich in solchen Situationen einen Plan", flüsterte ich. „Ich renne nicht einfach rein..."

Sie wirbelte herum und legte den Finger an ihre Lippen. Ich erstarrte und lauschte, aber als ich nichts hörte und sie sich in halber Hocke wieder umdrehte, ging ich auf Zehenspitzen nach vorne.

Und dann hörte ich es. Singen, aber nicht auf die fröhliche Art. Mehrere dunkle Stimmen hoben sich zu den grauen Wolken empor und zogen jedes einzelne Haar auf meinem Körper mit sich. Ich zitterte heftig und trat neben Belle, um nachzusehen.

Eine Menschenmenge hatte sich in der Mitte der Straße versammelt und sang ein schreckliches Lied, das ich nicht verstehen konnte. Ich glaubte auch nicht, dass ich es verstehen wollte, vor allem, als eine Gruppe von Menschen hinter der Menge über eine Art hölzerne Bühne marschierte. Ich vermutete, dass es Menschen waren, denn sie trugen keine blutroten Kapuzengewänder wie die anderen, und sie sahen verängstigt aus. Es waren etwa zwanzig von ihnen, der Jüngste etwa vier und die Älteste vielleicht in den Siebzigern.

Was auch immer es war, es konnte nicht gut sein.

Belle muss das genau in der gleichen Sekunde bemerkt haben, denn sie zog einen Holzpflock aus ihrem Stiefel und begann, auf die Straße zu stürmen.

Panik flammte auf. Ich streckte meine Hand aus, hakte meine Finger in ihre Gürtelschlaufe ein und schaffte es, sie zurück zu ziehen. Ich bin mir ziemlich sicher, dass sie es zuließ, nachdem sie eine halbe Sekunde darüber nachgedacht hatte, denn ich hatte auf keinen Fall mehr Kraft als eine echte Vampirjägerin.

Sie drehte sich um, ihre Augen waren leuchtend rot und sie zischte durch ihre scharfen Reißzähne. Ich zuckte zurück, aber nur ein bisschen. Vielleicht hätte ich Angst haben sollen, aber ich hatte keine. Ich kannte Belle erst seit etwa dreißig Minuten, aber ich war mir sicher, dass wir auf der gleichen Seite standen.

Ich versuchte, ruhig zu lächeln, was mir wahrscheinlich nicht gelang. „Erinnerst du dich an den Teil, dass du einen Plan haben musst?"

„Ich weiß nicht, was für seltsame Spiele die Fae spielen", knurrte sie, „Aber sie spielen sie mit Kindern, und ich glaube *nicht*, dass sie dabei Spaß haben werden."

„Ich weiß. Fae essen Menschen, Belle."

„Das ist verdammt seltsam." Mit einem schweren Seufzer ließ sie sich gegen die Wand sinken. „Sagt das Mädchen, das sie trinkt. Verdammt noch mal. Aber im Ernst, was soll's? Drachenwandler opfern Menschenkinder. Teufel wählen sie aus, um sich unmöglichen Aufgaben zu stellen. Warum haben es Übernatürliche auf Menschen abgesehen?"

„Ich weiß es nicht, aber ich habe eine Idee. Na ja, zumindest den Anfang einer", gab ich zu. „Hast du ein Telefon, das du mir leihen kannst?"

„Ja." Sie fischte es aus der Gesäßtasche ihrer Jeans und reichte es mir mit einer hochgezogenen Augenbraue. „Also, was ist die Idee?"

Ich nahm das Telefon und suchte die Kamera. „Ich werde nah genug herankommen, um Fotos zu machen."

„Ähm, ich weiß nicht, wie das irgendetwas lösen soll, aber ich werde es tun. Was soll ich in der Zwischenzeit tun?"

Ich schaute noch einmal um das Gebäude herum, studierte die Höhe der Gebäude auf der Straße und den Abstand der Menschenmenge zu uns. Mein Plan begann sich zu verfestigen. Es war ein chaotischer Plan, aber immerhin ein Plan, der das Ritual der Fae kurz halten würde.

Ich trat zurück und drehte mich noch einmal zu Belle um. „Wie schnell kannst du dich bewegen?"

Ein Grinsen kräuselte ihre Lippen, als sie aus dem Blickfeld verschwand, zu schnell für meine menschlichen Augen, um ihr zu folgen. Sie tauchte am Ende der Gasse wieder auf und schritt mit normaler Geschwindigkeit auf mich zu.

Verdammt! Okay, das war schnell.

Ich nickte. „Nimmst du den großen Ventilator da? Wir müssen nur hoffen, dass er funktioniert und einen anderen finden, bevor wir den Tag retten."

„Schon dabei."

Ich hielt mir die Nase zu und suchte in einem nahe gelegenen Müllcontainer nach zwei Plastiktüten. Natürlich waren sie voll, also leerte ich sie und kniff die Augen angesichts des Inhalts zusammen. Manchmal war es einfach besser, nichts zu wissen.

Nach ein wenig Spaß beim Schlösserknacken fanden wir einen weiteren Ventilator, reparierten den ersten Ventilator, indem wir die dunkle Magie von der Motorwelle schrubbten, und dann ging der Rest meines wackeligen Plans schnell vonstatten.

In den nächsten zwei Minuten, während die Gruppe der Feen weiter ihr gruseliges Lied sang, waren wir bereit. In einem der mittleren Stockwerke eines Gebäudes, das auf die Straße hinausging, in der sich die Feen befanden, hockte Belle hinter einem der Ventilatoren, die jetzt im Fenster standen. Daran war eine Plastiktüte befestigt, und darin befand sich mein Feenstaub. Auf der anderen Straßenseite stand ein ähnlicher Ventilator mit einer weiteren mit Feenstaub gefüllten Tüte im Fenster. Sobald sich die Ventilatoren einschalteten, was Belle mit ihrer Supergeschwindigkeit nacheinander tat, bliesen die Ventilatoren den Feenstaub aus den Beuteln auf alle unter ihnen und versetzten jeden einzelnen von ihnen in ein Glückskoma.

Ich hoffte es. Ich hatte eigentlich keine Ahnung, ob das funktionieren würde oder nicht. Funktionierte Feenstaub überhaupt bei Feen? Als Bad Mama January mir das kleine Fläschchen gegeben hatte, wusste ich nicht, dass sie selbst eine Fee war. Aber sie hatte mir gesagt, ich solle sehr vorsichtig damit sein, und dass Feenstaub eigentlich Feenleichen mit ihren kleinen Flügeln zermahlen sei. Ich hatte gesehen, wie stark er war, aber würde er auch wirken?

Zeit, es herauszufinden.

Ich nickte Belle zu und konnte gerade noch sehen, wie sie zurücknickte. Dann sprang ich hinter dem geparkten Auto hervor, hinter dem ich gekauert hatte, und lief die Straße hinauf in Richtung der Menschenmenge, während ich sie mit Belles Handy abhörte.

„Hey!", rief ich und unterbrach ihr gruseliges Lied, und genau wie meine Stimme in meinem Schloss hallte sie laut und deutlich wider.

Alle drehten sich um und ich starrte in die schwarzen Feenaugen, die unter ihren roten Kapuzen glitzerten. Die Menschen, die jetzt auf der Bühne knieten, wagten nicht, sich zu bewegen.

Ich ging weiter, jetzt nur noch etwa sechzig Meter von ihnen entfernt, ohne meine Schritte zu verlangsamen. „Als Yara Parmstone, Königin der Drachenwandler, befehle ich dir, mit dem, was du tust, aufzuhören.

Die Fae spannten sich an und ein warnendes Grollen ging durch sie hindurch. Keiner von ihnen schien zu bemerken, dass die beiden Fächer hoch oben direkt auf sie gerichtet waren.

Jetzt sind es fünfzig Meter . „Lass die Menschen gehen. Das ist die einzige Warnung, die du bekommst."

Einige von ihnen ballten ihre Hände zu Fäusten, als ob sie zum Kampf bereit wären. Einige zogen ihre Kapuzen zurück und starrten sie an. Andere zogen lange silberne

Waffen mit scharfen Zähnen, die aussahen wie waffenfähige Gabeln. Wollten sie damit die Menschen fressen? Offensichtlich hatten sie nicht damit gerechnet, dass die neue Königin, die in Wirklichkeit nichts weiter als ein minderwertiger, essbarer Mensch war, auf ihr Land kommen und tatsächlich etwas gegen den Krieg unternehmen würde, den sie begonnen hatte. Ich wette, das hat niemand.

Trotzdem machte niemand Anstalten, die Menschen gehen zu lassen.

Noch dreißig Meter, dann habe ich sie erreicht, es sei denn, sie stürmen mir entgegen. Wenn einer von ihnen nicht etwas gegen die Menschen unternahm, würde ich nicht nett sein. Wenn einer von ihnen versuchen würde, mich mit seinen Gabeln zu knabbern, würde ich *wirklich* nicht nett sein.

„Okay..." Ich hielt meine Hand an die Seite, während ich mit dem Handy in der anderen Hand filmte und näher kam, um ihnen noch ein paar Sekunden Zeit zu geben, obwohl sie es gar nicht verdient hatten. „Ihr habt eure Chance vertan."

Ein paar von ihnen lösten sich aus der Menge und traten auf mich zu.

Ich zögerte nicht. „*Belle. Jetzt.*"

Aus Belles Richtung ertönte ein leises, klapperndes Surren. Eine Wolke aus glitzerndem rosa Staub löste sich aus der Plastiktüte und senkte sich auf die Fae. Sekunden später ertönte ein weiteres Surren von der gegenüberliegenden Straßenseite und eine weitere rosa Wolke wogte auf.

Ich hielt an, um nicht vom Feenstaub getroffen zu werden, und verstaute Belles Handy mit meinem Oberschenkelband. Hoffentlich macht es ihr nichts aus, wenn es ein bisschen verschwitzt ist. Das Video sollte den Drachenwandlern beweisen, was hier passiert, denn sie glaubten mir kein Wort. Dann bewaffnete ich mich mit dem zerbrochenen und scharfen Kreuz der Königin und meinem Titanosaurus, nur für den Fall.

Einige der Fae blieben stehen und sahen sich die rosa Wolke an, die auf sie zukam, aber einige ignorierten sie. Sie marschierten auf mich zu. Noch ein bisschen weiter, und die Feenstaubwolke würde sie komplett verfehlen.

Mist. Ich musste sie zurückdrängen. Ich packte meine Waffen fest und ging frontal auf sie zu. Nur war der Nahkampf nicht mein Fachgebiet. Die erste Fee war fast bei mir, ihre Absicht war in ihren verdrehten, mörderischen Zügen deutlich zu erkennen.

„Belle?", rief ich und meine Panik war deutlich zu hören.

„Ich schaffe das." Stahl sang durch die Luft, als sie ihr Schwert zog und an mir vorbei auf die Fae zuging, das Gesicht fest entschlossen.

Ich hatte sie nicht einmal kommen hören.

„Nicht zu nah", warnte ich, hielt mir Nase und Mund zu und hielt mich zurück.

„Ich brauche nicht zu atmen", erinnerte sie mich.

Oh ja. Eine praktische Fähigkeit für einen Vampir/Jäger/Gute Fee/Piraten.

Der Feenstaub wirkte bereits auf alle anderen. Die Feen sackten zu Boden, als die rosa Wolke ihre Gesichter traf. Die

Menschen, die alle in einer geraden Linie auf der Bühne knieten, machten einen Sturzflug nach vorne. Die Fae, die auf uns zukamen, fielen ebenfalls.

Belle stand inmitten des glitzernden Rosas, das sich zu einer feinen Staubschicht auf dem Boden absetzte, völlig unbeeindruckt. Sie drehte sich um, ihr Grinsen war so breit wie der gelbe Schwamm auf ihrem Hemd. „Genialer Plan. Wohin jetzt?"

Während alle im Glückskoma lagen, konnte ich sehen, was am Ende der Straße stand, und ich musste zweimal hinschauen. Ein großes schwarzes Steingebäude mit einem Schriftzug, den ich gut kannte, war auf der Vorderseite zu sehen. Mechanical Achievement Center for Kids.

MACK.

Isbon Mack, wie mein früheres Staubsauger.

Mack, wie der, auf den mein Harem gewartet hatte, als ich in ihrem Haus auftauchte, wie ihnen die Seherin Madame Theodosia erzählt hatte.

Mack, wie das, was auf den Rückseiten der Abhörgeräte stand, die Asa und Tavis in der Burg gefunden hatten.

Mack war *hier*.

Und das war genau das, was wir als Nächstes tun mussten.

ZWEITES KAPITEL

„VERSCHLOSSEN", VERKÜNDETE BELLE, ALS sie an der Tür zerrte.

Wir standen vor den schmutzig-schwarzen Glastüren von MACK, während uns ein bitterer Wind in den Rücken blies. Die Nacht brach schnell herein, obwohl wir schon früh am Morgen hierher gekommen waren. Seltsam.

„Nicht für lange. *D'oh se alapa*." Als der kleine Zauber nicht funktionierte, um die Tür zu öffnen, kroch ich in die Hocke und tastete nach meinem Werkzeug zum Schlösserknacken. Aber es gab keine Schlösser zu knacken. Die Oberfläche der Tür war flach und glatt. „Hm."

„Lass es mich versuchen." Belle holte mit der Faust aus und schlug auf das Glas.

Ich zuckte bei der Wucht des Schlags zusammen, bei dem Knacken des Knochens auf etwas so Festes. Aber es passierte nichts.

„Willst du mich verarschen? Das schon wieder?" Sie holte mit ihrem Fuß aus und trat dagegen. „Türen, Mann. Blöde Dinger."

„Vielleicht sind sie geschlossen..." Ich drückte meine Handfläche an das Glas und sah mich nach einer anderen Möglichkeit um. „Aber nicht ihre Fenster. Schau mal."

Etwa fünfzehn Meter über unseren Köpfen war ein leicht geöffnetes Fenster.

„Okay..." Belle nickte und trat auf mich zu, ihre blauen Augen starrten kalkulierend zu ihm hinauf. „Gib mir eine Räuberleiter und wir werden sehen, ob ich es schaffen kann."

Ich ließ meine Waffen fallen und hielt meine Hände bereit, denn ich begann zu glauben, dass diese Frau so ziemlich alles kann. Sie trat in meine Hände, stemmte sich gegen die Glastüren und stürzte sich auf den Fenstersims, wo sie sich an den Fingerspitzen festhielt.

„Verdammt, ja", sagte sie lachend.

„Nun, damit wäre das geklärt." Ich grinste zu ihr hoch, als sie sich auf den Vorsprung hievte. „Du musst vielleicht öfter mit mir kommen, um hier einzubrechen."

„Das kann ich machen." Sie schob das Fenster ganz auf und hüpfte dann hindurch. Sekunden später öffnete sie eine der Türen für mich mit einem Griff, aber nur von innen.

„Seltsames Gebäude", sagte ich und schritt hinein.

„Stimmt."

Wir traten weiter in die Schule, beide angespannt und wachsam, aber sie schien leer zu sein. Unheimliche Stille erfüllte den großen Bürobereich und die drei langen Flure, die links, rechts und geradeaus abzweigten. Es war dunkel hier drin, noch dunkler durch die schiefergrauen Steinwände und Böden. An den Wänden hingen keine Kunstwerke, wie man sie in einer normalen Schule erwarten würde, keine bunten Pinnwände, auf denen Erfolge gefeiert wurden, und keine Anzeichen dafür, dass jemals ein Kind durch die Türen hinter uns getreten war.

Belle zitterte, als wir den Bürobereich hinter uns ließen und in eine Art Cafeteria gingen. „Auf dem Schild draußen stand doch, dass dieser Ort für Kinder ist, oder?"

„Ja. Mein Bruder Asa wurde eingeladen, hierher zu kommen."

Sie blieb stehen und starrte mich an. „Warte, ein Mensch wurde eingeladen, auf eine Fae-Schule zu gehen?"

Ich zuckte mit den Schultern. „Ich bin genauso ahnungslos wie du. Ich hatte keine Ahnung, dass es eine Fae-Schule ist."

„Vielleicht ist es das nicht. Vielleicht ist es wirklich eine Schule für Menschenkinder in einer Fae-Stadt, in die sie gehen können... um nicht gefressen zu werden?"

„Aber warum?", fragte ich und entdeckte ein Gemälde an der Wand auf der rechten Seite. „Warum schickt man sie in die Schule und macht sie schlauer?"

„Ich habe keine Ahnung", sagte sie mit hochgezogenen Augenbrauen. „Ich wette, du bist froh, dass du Asa nicht hergeschickt hast."

„Sehr."

Das Bild an der Wand begann Gestalt anzunehmen. Eine Person, die ich nur zu gut kannte. Eine Welle des Unbehagens jagte mir eine Gänsehaut über die Haut.

„Bad Mama January", sagte ich.

„Was sagst du ?" Belle blieb stehen und sah, wie ich sie anstarrte. „Wer ist das?"

„Eine Fee." Ich dachte, das Wort wäre mir wie ein Fluch von der Zunge gerutscht, aber es klang zu traurig. „Eine Freundin", dachte ich. „Sie war diejenige, die meinem Harem gesagt hat, dass ich komme, und mir ein Zeichen gegeben hat, mich zu erwarten, in Form eines Wortes. Mack."

„Zu dieser Schule", sagte Belle und runzelte die Stirn. „Aber du bist nicht hierher gegangen."

„Nein." Ich zeigte auf die kleine Tafel unter ihrem Bild. „Aber sie war es. Sie ist die Gründerin. Sie hat meinem Harem eine Botschaft gegeben, aber ich versuche immer noch herauszufinden, was das alles bedeutet."

„Wenn du diese Frau kennst und sie deinen Harem kennt *und* sie die Gründerin dieser gruseligen Schule ist, dann... glaubst du, sie hat etwas mit Léas Verschwinden zu tun?"

„Vielleicht?" Ich stieß einen verärgerten Seufzer aus. Vor zehn Minuten hätte ich noch gesagt: „Auf keinen Fall, aber jetzt... Was ist, wenn Léas hier ist?"

„Eine Göttin an einer Schule für Kinder." Belle hob die Hände und zuckte mit den Schultern. „Wo sonst?"

Das wurde ein bisschen seltsam, aber es musste noch mehr Antworten geben, auch wenn sie nichts mit Léas' Aufenthaltsort zu tun hatten.

„Ich schätze, wir sollten ein paar Klassenzimmer durchsuchen?" sagte ich.

Belle nickte, als würde sie es plötzlich bereuen, mit mir gekommen zu sein. „Ja."

Wir gingen weiter durch die Cafeteria. In dem langen Flur geradeaus stand ein altmodischer Holztisch ganz am Ende, leer. Irgendetwas an ihm ließ mir einen eisigen Schauer über den Rücken laufen, als ob er von einer dunklen Energie umgeben wäre, die ich schon aus mehreren hundert Metern Entfernung spüren konnte. Wurde er für irgendeine Art von Bestrafung benutzt?

Wir gingen darauf zu, obwohl ich eigentlich keine Lust hatte. Durch die winzigen Fenster in den Türen, an denen wir vorbeikamen, sahen die Klassenzimmer furchtbar langweilig aus, mit langen, schnurgeraden Reihen von Schreibtischen. Bis wir zu einer Tür kamen, die kein Fenster hatte, direkt neben dem gruseligen Schreibtisch. Aber es schien ein ganz normaler Schreibtisch zu sein. Der Raum fühlte sich jedoch... seltsam an. Vielleicht war es der Raum, der mich die ganze Zeit dazu gebracht hatte, zurück in den Flur zu sprinten, und nicht der Schreibtisch.

Belle probierte den Griff aus. Er klickte laut und entriegelte, was bei allen anderen Türen nicht der Fall war. Sie hielt inne, bevor sie sie ganz öffnete.

„Hoffen wir mal auf einen einfachen Hausmeisterschrank", murmelte sie und zog ihn auf.

Das war er nicht. Es war nur ein leerer Raum mit Formen, Zahlen und Buchstaben, die mit schwarzer Farbe auf die Steinwände gemalt waren. Bis jetzt war es das, was einem Lernraum am nächsten kam, aber das konnte das Unbehagen nicht verhindern, das mir eine Gänsehaut über die Arme jagte. Es war geradezu unheimlich hier drinnen. Ein Teil der Farbe war schon getropft, bevor sie getrocknet war, besonders an der rechten Wand. Ich trat ein, um sie genauer zu untersuchen. Die Wand selbst hatte ein Leuchten, das die anderen nicht hatten, als ob etwas dahinter wäre. Oben hing ein einzelnes blinkendes Licht an einer Schnur.

Die Tür knallte hinter Belle zu. Wir sprangen beide auf und wirbelten herum, und dann kam ein Geräusch von oben, wie ein knirschendes Zahnrad. Ich blickte auf und kalter Schrecken durchfuhr meine Brust. Die hohe, schattige Decke, die wir betreten hatten, glitt nun tiefer. Und noch tiefer ins Licht. Zehn Zentimeter hohe Holzspieße drückten auf uns herab.

Wenn sie weiter sinken würde, würden wir abgestochen und zerquetscht werden.

„Was zum Teufel?", rief Belle und schlug gegen die Tür. Eine Tür, die auf der Innenseite keinen Griff hatte.

Verdammt noch mal. Wir saßen in der Falle. Und wir würden auf schreckliche Weise sterben.

Ich sprang in Aktion und flog durch den Raum, um etwas zu finden, mit dem ich die Decke aufhalten oder die Tür aufbrechen konnte. Aber da war nichts. Der gesamte Raum, der so groß wie ein Klassenzimmer war, war völlig leer. Ich biss die Zähne gegen die aufsteigende Panik zusammen, die so stark war, dass mir die Tränen in die Augen stiegen.

„Lass uns raus", schrie Belle. „Mach sofort die Tür auf, oder ich schwöre dir, dass ich dich aus allen deinen Körperöffnungen ausbluten lassen werde!"

Ich strich mit den Fingern über meine Kopfhaut und hielt mir den Kopf zu. Ich musste ihn zusammenhalten.

Denk nach, Yara, denk nach. Es musste einen Weg hier raus geben, und auszuflippen, würde ihn nicht finden. *Sieh nicht an die Decke. Tu es nicht.*

Stattdessen schaute ich auf die Wände, auf die gemalten Formen, Buchstaben, Zahlen ... und eine winzige Tastatur an der hinteren Wand. Eine weitere an der linken Wand. War dies ein Rätselraum? Wenn ja, betete ich, dass wir es rechtzeitig herausfinden würden.

„Belle! Hilf mir!", rief ich.

Sie drehte sich von der Tür weg, ihre Augen flammten rot vor Wut und ihre Reißzähne schimmerten in dem trüben Licht.

Ich zeigte auf eines der Tastenfelder, wobei mein Arm stark zitterte. „Es ist ein Rätselraum. Wir können es aufhalten."

Sie eilte an meine Seite, während ich tief durchatmete und mich zwang, die Formen erst einmal in Ruhe zu studieren. Alle haben eine unterschiedliche Anzahl von Seiten.

„Sechs, drei, zwei, vier, eins." Ich zeigte wieder auf das Tastenfeld. „Belle, los."

Sie setzte sich in Bewegung und wiederholte die Zahlen, während sie sie in die Tastatur tippte, während ich die nächste Buchstabenreihe studierte. Ein Piepton ertönte, gefolgt von dem *Geräusch, dass* etwas aus dem Tastenfeld fiel.

„Es ist Teil eines Schlüssels", verkündete sie.

Ich nickte und ließ meinen Blick hektisch über die Buchstaben schweifen. Wir würden wahrscheinlich den ganzen Schlüssel brauchen, um rauszukommen, aber ich hatte nirgendwo ein Schloss gesehen.

Eine Sorge nach der anderen.

„An der Tür ist noch eine Tastatur, mal sehen, ob ich sie knacken kann", rief Belle.

„Okay." Meine Stimme zitterte.

Das Knirschen wurde lauter und die fallende Decke kam immer näher.

Ich konnte kein Muster mit diesen Buchstaben finden, und das Tastenfeld wollte nur Zahlen. Die numerische Position der Buchstaben im Alphabet? Ich habe es versucht. Mist. Kein Glück.

„Belle, versuch das mal bei dir: acht, zweiundzwanzig, sechzehn, fünf, vierzehn, drei."

Sekunden später, und dann: „Nichts!"

„Scheiße." Meine Brust zog sich zusammen, immer fester, bis ich keuchte.

Ich weigerte mich jedoch, aufzugeben, nicht bevor ich von Stacheln durchbohrt war. Mit hängenden Schultern riskierte ich einen Blick zur Decke, um abzuschätzen, wie viel Zeit uns noch blieb, und bereute es sofort. Wir hatten nur noch wenige Minuten, wenn überhaupt, und noch zwei Tastenfelder zu lösen. Das blinkende Licht, das in der Mitte der Decke hing, senkte sich ebenfalls und warf mehr Licht auf unsere missliche Lage.

Warte. Nicht nur Blinken, sondern ein Muster. Es fängt an und hört auf, genau wie der Morsecode. Ich kannte den Code nur, weil eines der Artefakte, die ich finden musste, um Asa zu finden, ein alter Telegraf war, der einen Teil der Koordinaten des Vollmondrituals abgehört hatte.

Ich schloss meine Augen und konzentrierte mich. Fünf...sieben...drei...neun...zwei. Ich stürzte mich wieder auf die Tastatur und tippte die Zahlen ein, wobei meine Finger so zitterten, dass sie immer wieder von den Tasten abrutschten. Ein Piepton, gefolgt von einem *Schnalzen*, und dann kam eine kleine Schublade aus der Tastatur heraus, in der sich ein halber Schlüssel befand.

„Kopf hoch!" Ich warf die Hälfte zu Belle, die sie aus der Luft schnappte und schnell mit der anderen Hälfte zusammenfügte. „Jetzt brauchen wir nur noch ein Schloss."

„Ich wette, es ist im dritten Tastenfeld..." Sie neigte ihren Kopf zur Mitte des Bodens hinunter. „Yara, schau mal."

Das tat ich. Jedes Mal, wenn das Oberlicht erlosch, leuchtete etwas auf dem Boden. Formen von etwas, aber ich konnte nicht sagen, was.

„Kannst du es sehen?" Sie konnte wahrscheinlich viel besser sehen als ich.

Sie ging in die Hocke und blinzelte angestrengt. „Es wird immer deutlicher, je schwächer das Licht wird."

Und je tiefer die Spikes gingen.

„Toll", versuchte ich zu sagen, aber die Angst verschluckte das Wort komplett. Kalter Schweiß rann mir über das Gesicht und stach mir in die Augen.

Selbst wenn wir den letzten Code herausfinden würden, hätten wir vielleicht nicht genug Zeit, ihn einzugeben. Ich konnte schon nicht mehr aufrecht stehen, sonst wäre ich ein Nadelkissen.

„Ich kann es fast sehen", sagte Belle mit fester Stimme. „Mach dich bereit, ihn reinzustecken, wenn ich es dir sage."

Ich wich in der Hocke auf die andere Seite des Raumes aus und griff nach der Tastatur, wobei ich mich vor den herabfallenden Stacheln und der extremen Schnittigkeit ihrer Spitzen in Acht nahm.

„Zehn", verkündete Belle.

Ich tippte ihn ein, wobei mir ein verzweifelter Schrei über die Zunge kroch und ich leicht würgen musste. Wenn Belle sich irrte oder den Code falsch las, war es das. Wir hatten nur eine Chance, die Sache zum Laufen zu bringen. *Eine*. Die Stacheln drückten mich nach unten, sodass ich auf dem Boden sitzen musste. Schweiß und Tränen liefen mir über das Gesicht, und das Geräusch meines pochenden Pulses erfüllte meinen ganzen Kopf. Ich nahm meine Krone ab und legte sie neben mich, damit ich mehr Platz zwischen mir und den Stacheln hatte.

„Dreiundsechzig", rief sie.

Die herabfallenden Stacheln verfingen sich in meinen Haaren und zwangen meinen Kopf nach unten, während ich meinen Arm zum Tastenfeld an der Wand streckte. Ich tippte sie ein.

„Null, null, null, null, und das war's!"

Die Stacheln drückten meinen Körper noch mehr zu Boden, aber ich streckte mich durch sie hindurch, jeder Muskel spannte sich an und vibrierte vor Spannung. Als ich zur Tastatur aufblickte, zielten zwei Stacheln direkt auf meine Augen. Nur zwei Zentimeter entfernt.

Vier Nullen. Ich drückte die Taste viermal, wobei mein Herz mit jedem Druck lauter schlug. Beim letzten Mal ertönten ein Piepton und ein *Klicken*, und die Schublade der Tastatur schob sich zurück und gab ein Schloss frei.

„Der Schlüssel!", schrie ich.

Nur ein paar Zentimeter von meinen Augen entfernt. Ich konnte nicht tiefer gehen und auch das Schloss nicht erreichen. Ich konnte es nicht erreichen.

Belle ließ den Schlüssel über den Boden zu mir gleiten, eine perfekte Grätsche, denn er traf meine Finger, obwohl ich ihr den Rücken zugewandt hatte. Ich packte ihn und griff nach oben. Ich konnte den heftigen Schmerz kaum verarbeiten, als sich ein Dorn tief in meinen Arm bohrte. Ich steckte den Schlüssel hinein und drehte ihn in der letzten Sekunde, bevor ich geblendet und dann durchgeschnitten worden wäre, um.

Die Stacheln richteten sich sofort auf, wobei die in meinem Arm Fleisch und Muskeln zerfetzte. Ein kalter Luftzug wehte durch den Raum, fast so laut wie mein Schmerzensschrei.

Ich traute mich kaum, mich zu bewegen, weil ich sonst etwas anderes auslösen könnte. Tränen liefen mir über das Gesicht.

„Haben wir es wirklich getan?", flüsterte ich und drehte mich dann zu Belle um, als sie mir nicht antwortete.

Sie setzte sich in der Mitte des Bodens auf, ihre Augen leuchtend rot und hungrig, und starrte auf das Blut, das an meinem Arm herunterlief.

„Oh Scheiße." Ich bedeckte ihn, als ob das ihn verbergen würde.

Ein leises Knurren ertönte aus ihrer Kehle. „Ich kann es kontrollieren. *Ich kann es.*"

Warum klang sie dann so, als würde sie versuchen, sich selbst zu überzeugen?

„Komm her", forderte sie und zeigte ihre Reißzähne in voller Pracht.

„Äh, nein."

„Ich kann die Blutung stoppen, oder zumindest verlangsamen."

Und auch noch einen Bissen zu nehmen? Nein. Ich vertraute ihr. In der kurzen Zeit, in der ich sie kannte, hatte sie mir keinen Grund gegeben, es nicht zu tun. Im Moment handelte sie nur aus Instinkt, und das war nicht zu ändern.

„Okay, aber wenn du es dir anders überlegst, solltest du wissen, dass ich weiß, wo ein paar Holzpfähle sind." Ich setzte mir meinen Scheitel wieder auf und kroch auf sie zu. Der Schmerz und der Adrenalinstoß von vorhin hatten mich zu sehr erschöpft, um zu stehen.

Als ich das tat, schnitt sie sich mit einem Reißzahn in den Finger, sodass das Blut gut abfließen konnte, und leckte sich dann über die Lippen, als ob sie mich immer noch fressen wollte. Mit ihrem abgeschnittenen Finger zeichnete sie die Wunde an meinem Arm nach, und die Haut zog sich wieder zusammen. Das reichte, um die Blutung zu stoppen.

„Ich fürchte, das ist das Beste, was ich tun kann", sagte sie und leckte sich das Blut von ihrem Finger. „Wenn ich dich weiter heilen würde, müsstest du von mir trinken, und das hat gewisse Nebenwirkungen, die... äh... ich weiß nicht, ob dir das gefallen würde."

„Danke", sagte ich, aber ich hörte ihr kaum zu.

Die leuchtende Wand auf der rechten Seite schien dünner geworden zu sein. Dahinter leckte ein großes blaues Feuer auf dem Boden an der Unterseite eines schwebenden Schattens, der dunkle Energie ausstrahlte.

Belle schaute auch. „Was glaubst du, was das ist?"

Ich musste tief Luft holen. „Ich glaube, das könnte Léas sein."

Wir standen beide auf, wobei meine Beine gefährlich wackelten, und machten vorsichtige Schritte nach vorne. Als ich die Wand berührte, gab sie unter meinen Fingerspitzen ein wenig nach und fühlte sich klebrig an wie ein Spinnennetz.

Obwohl ich mir nicht sicher war, ob das die beste Idee war, riss ich sie durch - und keuchte.

Es war wirklich Léas.

Sie schwebte mit geschlossenen Augen in der Luft, während unter ihr blaue Flammen aus dem Boden schossen. Sie trug dasselbe tief ausgeschnittene, schillernde Drachenschuppenkleid wie beim Vollmondritual, und ihr langes weißes Haar schimmerte blau im Feuer.

Dieser Raum - der Raum, den wir gerade überlebt hatten - war wie die ultimative Verhinderung, sie jemals zu erreichen. Wer brauchte schon Eisenkäfige in Kerkern, wenn man so etwas hatte? Eine Todesfalle... in einer Schule für Kinder.

Welche anderen Teile dieses Raumes waren tödlich? Ich wollte es fast nicht herausfinden, aber wenn es bedeutete, sie zu befreien, welche Wahl hatte ich dann?

„Das ist sie?", fragte Belle, die durch das Loch in der Spinnennetzwand hereinkam.

„Das ist sie."

„Was jetzt?"

„Ich bin mir nicht sicher." Ich wagte mich noch ein paar Schritte näher an die Göttin heran. „Wir sollen durch das Kreuz der Königin und meine Krone miteinander verbunden sein, denn sie hat sie mit Magie belegt, die bedeutet, dass niemand außer meinem Harem und mir sie berühren kann. Das Kreuz der Königin ist kaputt, aber... glaubst du, sie kann mich hören?"

„Sicher?" Belle kreiste hinter Léas und schaute sie mit ihren normalen blauen Augen an. „Versuch es."

„Léas?" Ich schluckte, als ich ihr ins Gesicht schaute, um zu sehen, ob sie sich bewegte, und achtete auf das leckende blaue Feuer unter ihr. „Léas, ich bin's, Yara Parmstone, die auserwählte Königin der Drachenwandler."

Nichts. Kein Zucken oder so.

„Das ist meine Freundin Belle", sagte ich und gestikulierte zu ihr. „Und wir sind hier, um dich zu retten."

Immer noch nichts.

Belle runzelte die Stirn und kratzte sich am Kinn. „Was, wenn wir sie einfach packen und gehen?"

„Das könnte funktionieren, aber was ist, wenn sie nie wieder aufwacht?" Doch welche Wahl hatten wir? Wir konnten sie nicht einfach hier lassen. Ich streckte die Hand aus und berührte ihre Fingerspitzen, und sofort flammte mein Drachenfeuer in mir auf. Es kochte vor Hitze, nicht die sexuelle Art, die ich normalerweise dabei empfinde, sondern Macht. Es stieß mit so viel Kraft in sie hinein, dass das blaue Feuer unter ihr ausbrach, als hätte es ein Tornado getroffen.

Léas fiel auf die Füße, voller Anmut, Kraft und Wut, während jeder andere in einem Haufen nutzloser Gliedmaßen gelandet wäre. Ihre silbernen Augen waren weit geöffnet und funkelten wütend. Als sie sie mir zuwarf, wich ich einen Schritt zurück, völlig unvorbereitet auf die Dunkelheit, die aus ihr quoll. Jetzt, wo sie wach war, hatte sie sich verhundertfacht.

„Yara", zischte sie, ihre Stimme war wie Klauen auf Sandpapier. „Was. Zur. Hölle."

Drittes Kapitel

Léas war noch furchterregender, wenn sie wütend war. Gab sie mir irgendwie die Schuld dafür? Oder richtete sich ihre Wut direkt gegen alle und alles. Das konnte ich verstehen.

„Du wurdest von den Fae beim Vollmondritual entführt und hierher gebracht, in ihr Land." Ich blieb standhaft, anstatt zurückzuschrecken, als ihre Wut in dunklen Wolken aus ihr herauskochte. „Kannst du dich an irgendetwas erinnern, was passiert ist?"

„Nein", schnauzte sie. „Und warum siehst du dann so aus? Was ist mit deiner Haut passiert?"

„Jemand hat mein Krönungskleid vergiftet", sagte ich.

„*Was*?"

Dieses Mal ging ich einen Schritt zurück. Das tat auch Belle, die den seltsamen Knochen in ihrem Haar berührte.

„Wer war es?", fragte Léas.

„Rio und Petra stecken dahinter und ein Mädchen, das auf der Burg gearbeitet hat und jetzt im Kerker sitzt. Sie… haben auch meinen Harem entführt."

Léas begann zu zittern und ich schwöre, der ganze Raum schien vor ihr zu schrumpfen. „Was ist in der Nacht des Vollmondrituals mit mir passiert?"

„Nun, es gab kein Sicherheitsvideo im Vivix-Gebäude, das zeigt, was *genau* passiert ist, weil es gestohlen wurde." Und nicht von mir. Ich hatte nur das Video von allem bis zu diesem Zeitpunkt aufgenommen. „Alle, die dort waren, sagten, dass es sich so anhörte, als hättest du dich einfach in Luft aufgelöst."

Sie verengte ihre silbernen Augen. „Ich bin eine Göttin. Ich kann nicht einfach verschwinden."

„Das weiß ich", sagte ich so ruhig, wie ich konnte. Ich fühlte mich, als würde ich versuchen, ein wildes Tier zu zähmen. „Sie haben Jahre gebraucht, um alles zu planen, um den Samen zu pflanzen, dass ich Königin werde, ein Mensch, und als ich es dann tat, lenkte es die Drachenwandler so weit ab, dass sie nicht einmal bemerkten, dass die Feen bereits in *unserem* Land waren. Sie haben dich entführt, bevor du den Kraftstoß geben konntest, der die Wandler stärkt."

Sie ballte ihre Hände zu Fäusten. „Das ist Krieg."

„Ja."

Sie ging ein paar Schritte weg, als ob sie etwas verarbeiten wollte, und ging dann durch das Loch in der Spinnennetzwand in den nächsten Raum. Belle und ich folgten ihr, weil wir nicht wussten, was wir sonst tun sollten.

Léas ließ ihren Blick durch den Raum schweifen. „Was ist das für ein Ort?"

„Wir sind in einer Schule", sagte ich, „Und dieser Raum ist eine Todesfalle, um dich zu verstecken."

„Eine Schule..." Sie drehte sich und richtete ihren grausamen Blick auf mich. „Aber sie hat mich nicht vor dir verstecken können."

„Ich bin hartnäckig."

„Ja." Dann sah sie mich an, sah mich *wirklich* über meine vergiftete Haut hinaus an, von meinem schmutzigen königsblauen Kleid bis zu der Krone auf meinem Kopf. „Ich habe es bemerkt."

Ich gestikulierte zu Belle, die jede Bewegung von Léas wie ein Raubtier beobachtete. „Und ich hatte viel Hilfe."

Léas drehte sich zu ihr um. „Wer bist du?"

„Belle", sagte sie und hob ihr Kinn an.

„Warum kommt mir der Name bekannt vor?", fragte Léas.

„Wahrscheinlich, weil ich einmal einen Gott getötet habe."

„Ah. Den kenne ich." Léas verzog angewidert das Gesicht. „Eine schreckliche Bestie. Er hat den Tod verdient."

Belle nickte und verschränkte ihre Arme. „Einverstanden."

Léas' Blick wanderte hinauf zu dem Knochen, der durch Belles unordentlichen Dutt ragte. „Bist du auch mit Yara gekommen, um mich zu töten?"

„Das bin ich nicht", sagte sie. „Meine Freundin brauchte Hilfe, und es scheint, dass viele Drachenwandler das auch tun."

In meiner Brust wurde es warm. Meine Freundin… Ich glaube, ich war noch nie die Freundin von jemandem gewesen. Nicht wirklich. Ich dachte, ich Bad Mama January wäre meine Freundin gewesen, aber unsere ganze Beziehung war eine Lüge gewesen. Ich lächelte Belle an und war wirklich gerührt und geehrt, dass jemand wie sie mich für eine Freundin hielt.

Sie grinste sofort zurück.

Léas schritt in die Mitte des Rätselraums und blickte nach oben, wo er wahrscheinlich die im Schatten verborgenen Stacheln entdeckte. „An dem, was du mir gerade erzählt hast, ist etwas ganz und gar nicht in Ordnung, Yara. Mir wurde nicht in den Kopf gesetzt, dass du Königin werden würdest. Ich wusste es. Ich habe es gewusst."

Mir fiel die Kinnlade herunter. Ich wusste nicht recht, was ich dazu sagen sollte. Noch einmal: Warum sollte ein Mensch auserwählt werden, einen Haufen barbarischer Herdplatten anzuführen?

„Wusstest du, dass du hierher in diese Schule gebracht wirst?", fragte Belle.

„Natürlich nicht", schnauzte Léas.

Belle hob die Hände, zog die Augenbrauen hoch und wich zurück.

„Mein Nichtwissen ist etwas Besonderes, denn ich weiß alles, was für mich wichtig ist. Wie du, Yara. *Du* bist wichtig. Ich wusste, dass du beim Vollmondritual dabei sein würdest, und der einzige Grund, warum ich dich zur Königin gewählt habe, war, weil du würdig bist. Würdiger als alle anderen, die in den letzten hundert Jahren auch nur auf meinem Radar aufgetaucht sind. Heute hast du das wieder einmal bewiesen."

Belle sah mich an und nickte. „Wenn du mich fragst, stimme ich dir zu. Yara ist ein harter Kerl."

Ich kicherte unbeholfen. „Okay, aber zurück zu dem Punkt, dass du nicht wusstest, dass du entführt werden würdest, Léas", sagte ich und kam damit auf das eigentliche Thema zurück. „Was soll das heißen?"

Léas ging zur Wand und drückte ihre Hand auf die getrocknete Farbe, die von dem Buchstaben A heruntertropfte. „Das bedeutet, dass wir in einer Schule sind und dies eine Art Test war. Abgesehen von dir, Yara, achte ich nicht auf die Menschen." Sie drehte sich wieder zu mir um. „Und dies ist eine Menschenschule. Das sind menschliche Buchstaben, keine Fae."

Ich holte tief Luft, als ich begriff, was sie sagte. „Deshalb haben die Fae diese Schule überhaupt erst gegründet. Sie planen alle möglichen Wege, um Drachenwandler mit Hilfe von Menschenkindern zu stürzen."

„Aber wie?" Belle ging zur Tür und strich mit der Hand über die Stelle, an der eine Klinke oder ein Knauf hätte sein sollen. „Ich war auch mal ein Kind und hätte nie so etwas Schreckliches wie diesen Raum erfinden können, selbst wenn ich die Fähigkeiten dazu gehabt hätte."

„Sie machen eine Gehirnwäsche." Ich sackte gegen die Wand, kurz bevor meine Knie nachgaben, und sank mit dem Kopf in den Händen zu Boden. „Sie lehren sie. Vielleicht drohen sie sogar, sie zu fressen, wenn sie nicht tun, was man ihnen sagt. Mein Bruder hat einen Brief bekommen, der ihn hierher einlädt. Mehrere Briefe, um genau zu sein, und einige von ihnen waren mit Abhörgeräten versehen."

„Ich nehme an, dein Bruder ist genauso schlau wie du?", fragte Belle über ihre Schulter.

„Viel mehr noch." Bei dem Gedanken, ihn hierher zu schicken, schnürte es mir die Kehle zu, obwohl ich darüber nachgedacht hatte. Irgendwie hatte er von der Schule gehört und wollte unbedingt hingehen. Deshalb hatte er auch vor unserer Wohnung gestanden und die Post nach seinem Aufnahmebrief durchsucht, obwohl ich ihm verboten hatte, nach draußen zu gehen. Das war der Tag, an dem die Drachenwandler die Menschenkinder für ihr nächstes Vollmondritual von der Straße fegten. Aber er hatte es trotzdem getan. Vielleicht, nur vielleicht, war das ein kleiner Segen, denn sonst hätte ich vielleicht ernsthaft in Erwägung gezogen, ihn auf diese Schule zu schicken, ohne alles zu wissen, was ich jetzt wusste.

„Menschenkinder haben also eine Göttin gefangen." Léas kicherte, ein dunkles Geräusch, das meine Schultern erzittern ließ. „Was sagt das über mich aus?"

Belle lehnte sich mit dem Rücken gegen die Tür, mit einem fernen Blick in den Augen. „Ich weiß nicht, was das über dich aussagt, aber es sagt aus, dass man Kinder nie unterschätzen sollte."

„Und dass sie alles tun werden, um zu überleben", fügte ich hinzu.

„Komm." Léas verzog den Mund zu einer grimmigen Linie der Entschlossenheit und marschierte zur Tür.

Belle ist aus dem Weg gerutscht.

Da es keinen Knopf gab, drückte Léas ihre Hand gegen die Oberfläche, und das ganze Ding verschwand. „Zeit, diesen Ort niederzubrennen."

Belles Augenbrauen zogen sich hoch. „Guter Plan. Mir gefällt, wohin das führt."

„Aber warte mal", sagte ich und erhob mich. „Was ist, wenn es noch mehr Menschen oder Göttinnen oder so etwas gibt, die entführt und hier versteckt wurden?"

Léas drehte sich um und starrte sie an, wobei sich ihr kalter Zorn nur ein klein wenig erwärmte. „Deshalb habe ich dich ausgewählt, Yara. Weil du immer mit deinem Herzen denkst."

Ich war mir nicht so sicher, ob das immer so ist.

„Das ist wahr", sagte Belle und nickte. „Ich interessiere mich nur für meinen Hund und meine Vampire."

Ich grinste und warf ihr einen zweifelnden Seitenblick zu, als ich in den Flur trat. „Das glaube ich dir nicht."

Sie zuckte mit den Schultern und lächelte.

Léas schob den Schreibtisch außerhalb des Zimmers aus dem Weg. Es war nicht der Schreibtisch, von dem die dunklen Schwingungen ausgingen, sondern sie selbst, die nur wenige Meter von ihm entfernt stand. Sie durchquerte den Flur und legte ihre Handfläche an die gegenüberliegende Wand. Ranken aus orangefarbenem Drachenfeuer zischten aus ihren Fingern und breiteten sich schnell aus.

„Wenn hier jemand ist, wird mein Drachenfeuer ihn finden", sagte sie und drehte sich um.

„Okay, gut", sagte ich, „Aber bevor wir diesen Ort niederbrennen, sind noch Menschen vor dem Gebäude."

Léas rollte mit den Augen. „Sind die Menschen nicht schlau genug, um aus dem Weg zu gehen, wenn sie Feuer sehen?"

Ich schüttelte den Kopf. „Diese Menschen schlafen."

„Yara hat sie eingeschläfert", sagte Belle, „Sie und eine ganze Schar von Feen, die gerade fressen wollten."

Léas legte den Kopf schief und warf mir einen fragenden Blick zu.

„Feenstaub", sagte ich.

„Genial", sagte Léas und ging den Flur hinunter.

Belle und ich folgten.

„Warte..." Ich hielt inne, als mich ein Gedanke überkam. „Léas, wenn wir dich von hier wegbringen, darf niemand davon erfahren."

Sie wandte ihren kalten Blick auf mich. „Was?"

„Was würde die Feen oder die Menschenkinder, die aus Angst ihre Befehle ausführen, davon abhalten, dich wieder mitzunehmen und dich irgendwo anders zu verstecken? Da ihr die Schule niederbrennen wollt... wie wäre es, wenn wir es so aussehen lassen, als wärst du gestorben? Nur so lange, bis wir ein richtiges Vollmondritual haben und diesen Krieg ein für alle Mal gewinnen?"

„Du willst, dass ich so tue, als wäre ich *tot*?" Léas schüttelte langsam den Kopf. „Ich bin eine Göttin. Ich sterbe nicht."

Belle holte den Knochen in ihrem Dutt heraus. „Aber das kann dich umbringen." Als Léas einen mörderischen Blick aufsetzte, hob Belle eine Hand. „Hör mir doch mal kurz zu. Du willst diesen Ort niederbrennen. Ich kann ein Skelett auf einem nahegelegenen Friedhof ausgraben oder vielleicht sogar eines in dieser gruseligen Schule finden. Ich stelle das Skelett in den Raum, in dem du warst, steche es mit dem Gottesknochen ab und voilà, es sieht aus, als wärst du tot. Aber du bist es nicht."

Ich grinste. „Und die Fae werden das erst wissen, *wenn* du den Wandlern einen Energieschub verpasst hast, Léas."

Sie ließ ihren silbernen Blick zwischen uns beiden hin- und herschweifen. „Ist es das, was alle Frauen jetzt tun? Geniale Pläne schmieden und waghalsige Rettungsaktionen durchführen?"

Belle und ich sahen uns an und zuckten mit den Schultern. „Ja", sagten wir unisono.

„Erinnere mich daran, mehr auf menschliche Frauen und ehemalige menschliche Frauen zu achten." Léas zeigte auf Belle. „Geh und besorg uns eine Leiche. Yara und ich werden dafür sorgen, dass niemand mehr hier ist, bevor wir diese Scheißschule in Brand stecken."

„Schon dabei." Belle zog ihr Vogelschwert aus der Scheide und stieß es in die Luft. „Bring mich zu einem nahegelegenen Friedhof und mach keine Faxen darüber." Im Handumdrehen war sie weg.

Léas drehte sich zu mir um. „Du leistest mir seltsame Gesellschaft."

Nun, dem kann ich nicht widersprechen.

„Mein Drachenfeuer hat noch niemanden gefunden, aber lasst uns etwas Benzin oder so finden, damit es wie ein echtes Feuer aussieht und nicht wie eines, das von mir gelegt wurde", sagte sie.

Wir machten uns schnell auf Erkundungstour und ich machte mich auf den Weg zurück in den Flur zu den Büros am Eingang. Sie waren verschlossen, aber nicht lange. Drinnen fand ich einen Hausmeisterschrank, in dem eine fast volle Flasche Whiskey stand. Das würde sich gut für ein Feuer eignen. Außerdem fand ich mehrere Isbon Mack Staubsauger. Dann fiel mir ein, dass diese Staubsauger vielleicht irgendwo in der Nähe hergestellt wurden. Wenn ich tatsächlich als Verkäuferin für sie arbeiten würde, wüsste ich das. Ich nahm auch einen der Staubsauger mit, weil ich eine Idee für später im Hinterkopf hatte.

„Es ist niemand hier", sagte Léas, als ich zurückkam. Sie nahm mir den Whiskey ab. „Ich verspreche es."

Belle tauchte innerhalb von Sekunden mit einer stinkenden, verwesenden Leiche auf, die sie in denselben Raum legte, in dem wir Léas fanden.

„Auf Wiedersehen, Gottesknochen." Sie ließ ihn durch den Brustkorb des Körpers gleiten und stand auf. „Ich glaube nicht, dass ich dich jemals wieder brauchen werde."

„Das wirst du nicht", versicherte Léas ihr und übergoss die Leiche mit dem Whiskey. Sie gab ihm einen Hauch von Drachenfeuer, und wir machten uns aus dem Staub, bevor das ganze Gebäude um uns herum brannte.

Draußen vor der Schule standen wir auf der Treppe und beobachteten die schlafenden Fae und Menschen, die sich nicht einmal rührten, als der Feueralarm von drinnen ertönte.

„Bevor wir gehen", sagte Léas und ging die Treppe hinunter, „Treibe ich all diese Menschen zusammen. Sie werden für das Energieopfer reichen."

Ich holte erschrocken Luft. „Nein", sagte ich schroff.

Léas drehte ihren Kopf zu mir. „*Wie bitte*?"

„Ich bin ein Mensch", sagte ich und setzte den Staubsauger ab. „Meistens, bis auf den kleinen Drachenfeuer-Unfall, den ich hatte."

„Worauf willst du hinaus?", fragte sie. „Ihr seid nicht *diese* Menschen."

„Das weiß ich, aber..." Wie erklärt man jemandem, dass das Opfern falsch war, wenn er es offensichtlich nicht verstanden hat? Ich stellte mir das so vor, als würde ich eine Diskussion über Hassverbrechen mit dem KKK führen. „Brauchen wir wirklich ein Opfer? Könnten wir nicht einfach den Energiestoß machen und... Kuchen essen oder so?

Belle nickte enthusiastisch. „Ich werde zwar nicht dabei sein, aber ich stimme für den Kuchen. Opfern ist sowieso schon so lange her."

„Warte, du wirst nicht hier sein?", fragte ich.

„Nein, ich habe eine SMS bekommen, während ich die Leiche ausgegraben habe", sagte sie und runzelte die Stirn. „Es gibt Ärger zu Hause, und die Pflicht ruft."

Nun, verdammt. Ich hatte sie gerne um mich.

Léas trat näher an uns heran, ihre silbernen Augen blitzten. „Können wir zu dem zurückkehren, was wirklich wichtig ist? Opfer zu bringen ist seit Jahrhunderten üblich. Jemand stirbt - Menschenkinder, normale Menschen, Shifter. Es ist mir eigentlich egal, wer."

„Aber... warum?" Ich drängte. „Hilft dir das Opfer?"

Sie warf mir einen Blick zu, als sollte ich es wirklich besser wissen, als das zu fragen. „Es ist ein Geschenk des Lebens für mich, also ja."

„Es ist ein Geschenk, hast du gesagt..." Ich presste meine Lippen zusammen und drehte meine nächsten Worte vorsichtig, damit sie ja sagte. „Was wäre, wenn alle Drachenwandler dir statt Opfergaben echte Geschenke bringen würden?"

Sie schürzte ihre Lippen. „Was für Geschenke?"

„Alles, was für sie von Wert ist. Vielleicht etwas aus ihrer Horde."

„Jeden Monat?"

Ich nickte. „Jeden Monat."

Sie starrte die Menschen an und berechnete wahrscheinlich den Wert von Leben im Vergleich zu Dingen und Gegenständen. Für die meisten wäre es eine einfache

Entscheidung innerhalb eines Sekundenbruchteils. Für sie... Nun, zumindest schien sie es in Erwägung zu ziehen.

Belle beugte sich vor und murmelte: „Sind Drachenwandler nicht notorisch geizige Dagobert-McDucks mit ihren Schätzen?"

„Pst." Ich hatte keine Ahnung, wer Dagobert Duck war, aber sie hatte nicht ganz Unrecht. Die Leute würden sich niemals darauf einlassen, schon gar nicht, wenn die Idee von mir käme. Wenn der Befehl aber von ihrer Göttin kam, von jemandem, den sie bereits kannten und respektierten und dem sie gehorchten...

„Wir können es versuchen", verkündete Léas. „Mal sehen, wie es läuft."

Ich nickte und grinste. Das war ein großer Schritt nach Jahrhunderten ohne Veränderung, ein harter Schritt, wie es schien, aber ein notwendiger Schritt. Vor allem, wenn ich Königin werden wollte. Ich konnte auf keinen Fall über barbarische Herdplatten herrschen, die Kinder opferten. Aber sich entwickelnde Herde, die offen für Veränderungen waren? Ja, aber die Veränderungen konnten nicht von mir kommen. Jedenfalls noch nicht.

„Drachenwandler brauchen ihren Kraftschub, damit sie die Feen zurückschlagen können", sagte Léas. „Außerdem will ich ein paar verdammte Geschenke."

„Aber selbst beim letzten Vollmondritual im Vivix-Gebäude waren die Fae da", sagte ich. „Auch ohne Tattoos wussten sie irgendwie, dass das der Ort war."

Belle nickte. „Klingt, als bräuchtest du eine Ablenkung."

„Richtig..." Ich schnippte mit den Fingern und meine Gedanken wirbelten herum. „Wir übertragen das neue Vollmondritual an einem Ort, aber in Wirklichkeit findet es an einem anderen statt... irgendwie."

Léas hob ihr Kinn. „Der Plan gefällt mir. Ich kümmere mich um die Logistik."

„Okay, ich kann den Shiftern sagen, wo das gefälschte... äh, nicht-Vollmond-Ritual stattfindet", sagte ich. „Ich werde sie glauben lassen, dass ich ihnen ihren Energieschub geben kann, ohne zu verraten, dass du gerettet wurdest, damit die Fae das nicht zu spät herausfinden." Irgendwie. Für die meisten von ihnen war alles, was aus meinem Mund kam, eine Lüge. „Und am Tag des Rituals..."

„Heute Abend", korrigierte Léas.

„Heute Abend, kurz vor dem Ritual, verrätst du durch ihre Tätowierungen, wo der richtige Ort ist."

„Und bis heute Abend soll ich mich verstecken?" Léas verzog das Gesicht, weil sie von dieser Idee offensichtlich nicht begeistert war.

Belle hielt ihre Hand hoch. „Ich bevorzuge den Begriff „Sich bedeckt halten", und daran ist auch nichts falsch. Meiner bescheidenen Meinung nach." Sie zuckte mit den Schultern. „Manchmal muss man tun, was das Beste für einen selbst ist."

Das hast du gut ausgedrückt. Ich habe Belle im Stillen gedankt, denn Léas schien ein bisschen... stolz zu sein? Ihren

Schutz darauf auszurichten, was das Beste für Léas ist, war genial.

Léas stieß einen angewiderten Seufzer aus. „Gut. Ich werde *mich verstecken*."

Ich verbiss mir ein Lächeln. „Was hältst du davon, ihnen zu sagen, dass sie dir Geschenke bringen sollen, wenn du später den Ort des Rituals bekannt gibst? Ich denke, es ist besser, wenn sie es von dir erfahren, denn..."

„Sie hassen dich. Ja. Ich hab's verstanden." Léas machte mit ihrem Finger eine „Packen wir's an"-Bewegung. „Lass uns zu deinem Schloss gehen."

„Eine Sache noch", sagte ich. „Können wir diese Menschen trotzdem mitnehmen?"

Léas spottete. „Oh, was ist das nur mit dir und diesen Menschen? Das ist *ekelhaft*."

„Sie haben es nicht verdient, an einem Ort wie diesem zu leben", sagte ich. „So wie du es mit mir gemacht hast, lass uns ihnen eine Chance geben."

Léas rollte mit den Augen und schnippte mit den Fingern. Wir alle - Belle, Léas, ich, der Isbon Mack-Staubsauger, den ich gestohlen hatte, und die etwa zwanzig Menschen - wurden zurück in mein Schlafzimmer im Schloss gebracht. Die Menschen lagen über den ganzen Raum verteilt und schliefen immer noch tief und fest. In gewisser Weise beneidete ich sie. Ich konnte tagelang schlafen.

Belle grinste. „Wisst ihr was, meine Damen? Die Reise mit der Göttin hat mich nicht auf den Hintern fallen lassen."

Léas drehte sich in einem engen Kreis und betrachtete stirnrunzelnd die reiche Schlossgestaltung. „Wie bedauerlich."

Ich hatte keine Ahnung, worauf genau sie sich bezog - auf Belle oder mein Zimmer - aber Belle warf ihren Kopf zurück und lachte. Entweder war es ansteckend oder ich war zu müde, um über die zwei Kriege nachzudenken, die ich gerade führte, denn ich lachte auch.

„Und in diesem Sinne muss ich gehen." Belle drehte sich zu mir um, ihre blauen Augen leuchteten. „Das war ein ziemliches Abenteuer, also danke, dass du es mitgemacht hast."

Ich streckte meinen Arm aus, um sie zu schütteln. „Danke für deine Hilfe, aber ich hoffe, wir müssen das nicht noch einmal machen."

Sie schüttelte ihn und nickte. „Du wirst es schaffen, deinen Harem wieder zu bekommen." Das war eine Feststellung, keine Frage. Ich dachte nicht, dass sie an mir zweifeln könnte, so wie ich nicht an ihr zweifeln konnte.

„Ich komme schon klar", versprach ich. „Wenn ich irgendetwas für dich tun kann, zum Beispiel einen Krieg anzetteln oder irgendwo einbrechen, lass es mich bitte wissen."

Sie gluckste. „Mach ich. Ich würde deinen Scheitel richten, aber ich habe heute keine Lust zu sterben, also wisse, dass die Absicht da ist."

„Ich weiß das zu schätzen", sagte ich und grinste. „Pass auf dich auf, Belle."

„Du auch, Yara." Sie wandte sich an die Göttin. „Und Léas, du auch. Ich muss sagen, es ist erfrischend, ein höheres Wesen nicht töten zu wollen."

„Ich werde das als Kompliment auffassen", sagte Léas düster.

„Gut." Belle zog ihr Vogelschwert aus der Scheide und stieß es in die Luft. „Bring mich nach Hause, Night's Fall."

Sie verschwand, als wäre sie nie hier gewesen, und ich vermisste sie bereits.

Léas gestikulierte zu den schlafenden Menschen um sie herum. „Kann ich bitte nicht von all dem Schnarchen sein?"

„Klar." Obwohl es nicht viele Orte gab, denen ich vertraute, an denen sie versteckt gehalten werden würde. Ich bezweifelte, dass sie sich für den Kerker entscheiden würde. Und schon gar nicht in den Horden-/Kunstraum meines Harems, wo Asa war. Und auch nicht in den Schlafzimmern meiner Harems, da diese Löcher in den Wänden hatten, als sie entführt worden waren. „Ich bringe dich im Zimmer meines Bruders unter. Ich habe gehört, dass es dort einen Fernseher gibt und so."

„Ein Fernseher voller Menschen, die nicht die Klappe halten wollen." Léas stieß einen Seufzer aus. „Klingt reizvoll."

Ich gluckste. Ihr mürrischer Sarkasmus wurde mir langsam ans Herz gewachsen. Nachdem ich ihr Asas Zimmer gezeigt, ihr gezeigt hatte, wo die Fernbedienung liegt, falls sie es sich anders überlegen sollte, und ihr den Staubsauger überlassen hatte, falls sie Lust auf Hausarbeit hatte, ging ich in den Kunstraum, um nach dem Wunderknaben selbst zu sehen.

„Hey, Junge", sagte ich und schloss die Tür zum Kunstraum hinter mir. Die früheren Königinnen starrten aus ihren Bilderrahmen an den Wänden zurück, alle außer der Mutter meines Harems, deren Bild immer noch mit Calhouns schwarzem T-Shirt bedeckt war. Wahrscheinlich wollte er nicht sehen, wie sie ihn ansah, als er mich gefickt hatte, vor allem nicht nach dem Fick mit Tavis.

Der Gedanke an sie alle ließ das Drachenfeuer, das durch meine Adern floss, schneller lodern. Aber es zerriss mir auch das Herz, dass sie nicht hier bei mir waren. Ich vermisste sie. Ich vermisste ihre Gesellschaft, ihre Gespräche, ihre Führung und ihren unerschütterlichen Glauben daran, dass ich diesen Job schaffen kann.

Asa drehte sich von seinem Platz vor dem Computer in der Ecke um, eine kleine, niedlichere Version von mir. „Das ging aber schnell."

„War es das?" Ich hatte keine Ahnung, wie lange ich weg gewesen war. „Hast du mich vermisst?"

Er schaute mich ernst mit seinen blauen Augen an, denen nie etwas entging. „Ja. Willst du ein paar Steine malen?"

Diese Königin-im-Krieg-Sache hat unsere Zeit als Schwester/Bruder ernsthaft beeinträchtigt und mich langsam umgebracht.

Ich beugte mich vor, um seine Wange zu streicheln und seine Stirn zu küssen, weil es mich tröstete, dass er hier und in Sicherheit war. „Ich kann nicht."

Der enttäuschte Schmollmund auf seinem Gesicht hat mich fast umgehauen. „Wann dann?"

„Bald. Ich verspreche es." Ich musste ihm auch sagen, dass die Schule, auf die er gehen wollte, nicht mehr existierte, aber für einen Tag hatte ich ihn schon genug enttäuscht. „Ich muss Calhoun, Tavis und Vance zurückholen, okay?"

Er nickte und schien zu denken, dass das ein guter Grund für mich war, wieder weg zu sein. „Brauchst du meine Hilfe wie bei der Krönung?"

„Ja, das tue ich tatsächlich. Kannst du eine Weile aus deinem Zimmer bleiben?"

Er blinzelte zu mir hoch. „Hilft das?"

„Das tut es. So habe ich eine Sorge weniger." Eine dunkle Drachenwandler-Göttin, die von der Menschenopfer-Kampagne abgebracht werden musste, um meinen süßen, unschuldigen kleinen Bruder zu treffen, würde in meinem Leben nicht mehr vorkommen. „Oh, und noch eine Sache. Bleib cool."

Er spottete. „Ich muss es nicht einmal versuchen."

Kichernd ging ich zurück zur Tür. „Als ob ich das nicht wüsste."

Während ich mir meinen Weg durch die leeren Hallen zum Thronsaal bahnte, sehnte ich mich nach den Tagen, an denen ich mit ihm zusammen war. Das würden wir bald wieder tun. Wir und mein Harem, wie eine große, glückliche, nicht-nukleare Familie.

Der Thronsaal seufzte und bewegte sich wie immer, als ich eintrat. Er passte sich meiner Anwesenheit an und sorgte mit einem leichten Temperaturabfall dafür, dass ich mich wohler fühlte. Ich schritt zu meinem Thron am Ende des roten Teppichs und die kurze Treppe hinauf, ohne groß darüber nachzudenken, was ich heute Abend zu den Herdplatten sagen würde. Sprich mir aus dem Herzen, hatte Tavis gesagt. Nun, ich vertraute darauf, dass mein Herz den Schwachsinn durchschaut.

Ich saß auf dem Thron, und sobald ich meinen Mund öffnete, übertrug die Magie des Throns meine Stimme an alle Drachenwandler. Jetzt musste ich nur noch dafür sorgen, dass sie mich nicht nur hörten, sondern auch *zuhörten*.

„Achtung, alle Drachenwandler. Ich bin es, Königin Yara. Ich habe einen Weg gefunden, euch heute Nacht euren Energieschub zu geben. Vor Mitternacht werdet ihr alle zum Gebäude der Slanted Corporation in Evenza gehen. Und ich meine euch *alle*. Jeder, der nicht geht, weil er mir nicht glaubt, wird aus dem Land der Drachenwandler verbannt. Punkt. Bringt Geschenke. Erinnert andere daran. Verbreitet es überall, wo ihr könnt. Tut, was ich sage, und seid dort. Wir sehen uns heute Abend."

Ich erhob mich vom Thron und beendete die Übertragung. An dieser Drohung war nichts verschleiert, und ich würde sie wahr machen. Sie mussten wissen, dass es heute Abend ein Ritual geben würde, nur nicht das, von dem ich ihnen erzählt hatte. Léas würde ihnen später den wahren Ort verraten.

Sicherlich würden die Feen den falschen Ort aufspüren und versuchen herauszufinden, was wir vorhatten, vielleicht sogar versuchen, uns aufzuhalten. Sie würden von dem echten Ort erst erfahren, wenn sie merkten, dass niemand im Gebäude der Slanted Corporation auftauchte, aber sie würden keine Ahnung haben, warum. Das würde Léas die Möglichkeit geben, ihren Energieschub zu geben, die Shifter zu stärken und ihnen eine Chance zu geben, den Krieg zu gewinnen.

Aber das war heute Abend. In der Zwischenzeit musste ich einen Harem retten, und ich wusste genau, wie ich das anstellen musste.

VIERTES KAPITEL

DIESES MAL WAR ES anders. Ich machte mir nicht die Mühe, zuerst bei den Nachbarn vorbeizuschauen, um wie eine echte Verkäuferin auszusehen. Ich machte mir nicht die Mühe, einen höflichen und unschuldigen Gesichtsausdruck aufzusetzen. Nicht, als ich nichts anderes spürte, als dass die Wut aus meiner Haut zu platzen drohte.

Ich marschierte zur Haustür eines ordentlichen, zweistöckigen Hauses, mein weißes Button-up-Hemd und mein schwarzer Rock reichten aus, um an Petras Mann vorbeizukommen, mit meinem Isbon Mack-Staubsauger im Schlepptau. Ja, das schon wieder. Alles, was ich tun musste, war reinzukommen. Léas hatte mir einen großen Gefallen getan, um den Rest zu erledigen.

Sie hatte mein Gesicht und mein Haar mit ihrer Magie berührt, um die Illusion zu erwecken, dass ich nicht wirklich ich selbst sei, und dabei meine vergiftete, gesprenkelte Haut geheilt. Außerdem hatte sie mir eine Phiole mit Drachenfeuer gegeben, die mich direkt zu meinem Harem führen würde, und meinen Vorrat an Feenstaub aufgefüllt. Ihr zufolge würde es viel mehr Zeit in Anspruch nehmen, mein Kreuz der Königin zu reparieren, also hatte ich es nicht dabei. Die dunkle Magie der Feen hatte ihm übel mitgespielt.

Wenn ich Hilfe brauchte, würde ich sie nicht bekommen. Zum Glück war ich es gewohnt, keine zu haben.

Zusammen mit ihrem Mann würde Petra wahrscheinlich auch hier sein. Vielleicht sogar Rio, denn die beiden Feinde arbeiteten jetzt gemeinsam gegen mich. Sie sollten lernen, was Bestrafung bedeutet.

Ich packte den Staubsaugergriff fest mit einer Hand und klopfte mit der anderen. Das Haus, beide Stockwerke strahlend weiß gestrichen und tadellos gepflegt, stand still. Ein überwältigendes Gefühl von Déjà-vu überkam mich, nicht nur, weil ich in der heißen Sonne mit einem Staubsauger und einem Klemmbrett auf der Veranda stand, sondern auch, weil ich das Gefühl hatte, dass mich jemand von innen beobachtete. Ich ließ meinen Blick zu den Fenstern schweifen, die Jalousien und Vorhänge waren fest verschlossen, dann leckte ich mir über die Lippen und drückte mein Dekolleté zusammen, um es zu zeigen. Man munkelte, dass Petras Mann alles ficken würde, was ein Loch hatte, und das Gerücht stammte von Léas. Als Göttin würde sie es wissen.

Ich läutete an der Tür und streckte meine Brust noch mehr heraus. In der Einfahrt war ein Jeep geparkt, was ein Grund dafür war, dass ich nicht einbrechen wollte. Der andere Teil war, dass ich das Haus vorher nicht überwacht hatte.

Doch es antwortete niemand. Ich hasste es, nicht zu wissen, worauf ich mich einlasse, aber ich hatte es in letzter Zeit oft genug getan, um es als eine Option zu betrachten. Und ich wollte hier nicht ohne meinen Harem weggehen.

Ich hatte den Türknauf ausprobiert. Verschlossen. Also waren sie vielleicht nicht zu Hause.

„D'*oh se alapa*", flüsterte ich.

Die Tür klickte auf. Ein kühler Luftzug trocknete meinen Schweiß sofort, als ich eintrat und die Tür hinter mir schloss. Sonnenlicht strömte durch die Erkerfenster an der gegenüberliegenden Wand und erhellte den offenen Raum, der mit Glas und Chrommöbeln gefüllt war. Kalt, genau wie Petra. Es war ruhig und leer. Keine Ahnung, wie lange das so bleiben würde. Ich stellte den Staubsauger neben der Tür ab und schlich auf Zehenspitzen tiefer ins Haus.

Alles war so sauber und ordentlich - die Küche von allen Krümeln befreit, kein Staubkorn auf dem Kristallleuchter, der über dem Esstisch hing - dass es fast so aussah, als würde hier niemand wohnen.

Hinter einem der Esszimmerstühle ging ich in die Hocke und befreite das Fläschchen mit dem Drachenfeuer von dem Klebeband an meinem Oberschenkel. Man sollte meinen, ich hätte gelernt, es dort nicht aufzubewahren, aber da irrst du dich. Außerdem hatte ich schon überlebt, als ich es über meine Muschi verschüttet hatte. Trotzdem goss ich es mit ruhiger

Hand ein und beobachtete, wie es eine orangefarbene Spur über den weißen Boden und um eine Ecke zog.

Kaum stand ich auf, um ihm zu folgen, ertönte ein Knarren von dort, wo das Drachenfeuer verschwunden war. Ich erstarrte und mein Herz drohte mir in die Rippen zu schlagen. Wenn jemand um die Ecke stand und das Drachenfeuer sah, dann hatte ich mich gerade verraten. Aber es folgten keine weiteren Geräusche.

Auf leisen Füßen schlich ich mich zur Ecke, wobei ich hinter dem Schutz der Wand blieb. Ich holte meinen kleinen Spiegel hervor und winkelte ihn um die Ecke. Das Spiegelbild in meinen zitternden Händen zeigte einen Flur mit einer weit geöffneten Tür, in der ein Licht brannte. Und genau auf sie zu kam die Spur des Drachenfeuers, das sich zu Rauch aufwirbelte.

Jemand war genau dort, wo ich hin musste. Das würde nicht einfach werden.

Ich holte tief Luft, dann noch einmal, um sicherzugehen, und drehte mich um die Ecke in den Flur. Die offene Tür versperrte mir den Blick auf das, was sich in dem Raum befand, also ging ich vorsichtig darauf zu. Ich fummelte noch einmal an meinem Spiegel herum und richtete ihn so aus, dass er das reflektierte, was sich hinter der Tür befand.

Stufen führen hinunter in die Dunkelheit.

Jemand geht auf sie zu und dreht den Kopf, um zurückzuschauen.

Und ein Paar mitternachtsschwarze Augen, die direkt in den Spiegel starren.

Ich kläffte auf und warf die Tür zu. Meine Hände wanderten automatisch zum Schloss am Türknauf und ich verriegelte ihn fest.

Auf der anderen Seite polterten Schritte die Treppe hinauf.

Mit Panik in der Kehle rannte ich den Weg zurück, den ich gekommen war. Das war nicht Petras Mann. Léas hatte mir Bilder gezeigt, und *das war nicht Petras Mann*. Wer war es dann? Fae? Und warum? Und das Wichtigste: War mein Harem in Ordnung? In meinem Kopf tauchten die blutigen Bilder der Shifter auf, denen es nach einem Zusammenstoß mit den Fae nicht gut gegangen war. Der Schrecken zerrte an meiner Innenseite der Haut.

War ich zu spät hierher gekommen?

Ich hockte mich hinter den Esszimmertisch und tauschte meinen Spiegel gegen meinen Titanosaurus.

Die Flurtür krachte auf.

Ich hatte panische Angst. Meine mickrige menschliche Stärke war einer Fee nicht gewachsen, selbst mit der Berührung von Drachenfeuer. Ich hatte keine Chance, sie zu besiegen. Also musste ich sie austricksen.

Ich wusste nur noch nicht, wie.

„Was bist du, kleine Maus?", krächzte eine männliche Stimme, die sich anhörte, als würden Schuhe in zerbrochenem Glas kratzen. „Wie ein Mensch, nur schärfer. *Viel schärfer*."

Wegen meines Drachenfeuers? Ich schluckte einen Anflug von Galle hinunter. Wenn er riechen konnte, dass ich ein

Mensch war, bedeutete das wahrscheinlich, dass er mich fressen wollte.

Das machte ihn zu einer Fae.

Durch die Stuhl- und Tischbeine hindurch konnte ich sehen, wie er sich vor mir überschlug. Meine Lunge krampfte sich zusammen. Der Schweiß rann mir die Schläfen hinunter und ich presste meine Backenzähne fest zusammen, um keinen Laut von mir zu geben.

Feenstaub. Ich hatte welchen. Aber dazu müsste ich nah genug herankommen, um ihn ihm ins Gesicht zu blasen. Ihn in ein Glückskoma zu versetzen, war wahrscheinlich meine einzige Chance, dem Weg zu folgen, den das Drachenfeuer mir gezeigt hatte.

Ich war klein und schnell. Ich konnte es sprengen und weglaufen. Da das meine einzige Möglichkeit war, meinen Harem hier rauszuholen, löste ich vorsichtig das Fläschchen mit Feenstaub und schüttete mir eine ganze Menge in die Hand. Dann richtete ich mich auf seine Jagd nach mir durch das Haus ein. Dem Klang seiner Schritte nach zu urteilen, war er bereits durch das Wohnzimmer in Richtung eines anderen Flurs auf der rechten Seite gegangen. Vielleicht zu den Schlafzimmern. Ein guter Ort, um ihn in einen Hinterhalt zu locken, denn normalerweise gab es nur einen Ausgang, und vor dem stand ich.

Immer noch hinter dem Tisch kauernd, ging ich in diese Richtung, meine Schritte so leise wie möglich. Ich stand und wagte es nicht, auch nur einen Atemzug in meine Lunge zu pressen. Jetzt war ich in der Öffentlichkeit, als ich mich auf den Flur zubewegte. Unbehagen kratzte an meiner Kopfhaut und ließ eine Gänsehaut auf meinem Rücken entstehen.

Warum habe ich nicht mehr Schritte gehört?

Eine Kraft schlug mir in den Rücken. Ich kippte um und drückte den Feenstaub in meiner Faust zusammen, um ihn nicht zu verschütten. Der Atem rauschte aus meinen Lungen und ich verbrachte einige kostbare Sekunden damit, nach Luft zu schnappen und herauszufinden, was passiert war.

Gab es hier zwei von ihnen?

Aber ich hatte keine Zeit zum Nachdenken. Nur fürs Überleben. Ich rappelte mich auf, wirbelte herum und öffnete dabei meine Faust.

Es war dieselbe Fee, die auf der Treppe gestanden hatte und sich irgendwie hinter mich geschlichen hatte, als ich ihn vor mir gehört hatte.

Er leckte sich über die Lippen. „Du bist ein scharfer Mensch. Darf ich mal abbeißen?"

„Nein danke." Ich richtete meine Handfläche aus und presste meine Lippen auf den Feenstaub.

Er schnappte meine Hand und zerrte daran. Hart. Ich flog kopfüber auf den Boden, mein ganzer Arm kribbelte und war nicht mehr mit seinem Schaft verbunden. Ich schrie auf, als der Schmerz mich traf.

Ich konnte rennen. Die kaputte Flurtür, durch die das Drachenfeuer gegangen war, lag hinter ihm. Wenn ich meinen

Harem befreien würde, könnten sie vielleicht helfen. Denn so ging es nicht.

Er zerrte an meinem Hemdkragen, als ich wieder einen Fuß unter mich brachte, aber ich befreite mich aus dem Griff der Fee, bevor er sich zu sehr festkrallte. Dann stürzte ich mich in den Flur.

Die Fee brüllte frustriert auf und donnerte hinter mir her, wobei sie meine Geschwindigkeit erhöhte, aber trotzdem den Abstand zwischen uns verschlang.

Ich stürzte die Treppe hinunter, meine Füße bewegten sich zu schnell, um festen Halt zu finden. Ich streckte meine Arme aus, um meinen Fall abzubremsen, und stieß gegen etwas, das über mir hing. Eine Glühbirne an einer Schnur. Ich schnappte nach ihr, um mein Tempo zu verlangsamen, aber ich konnte nichts tun, außer das Glas zwischen meinen Fingern zu zerquetschen. Es schlug in meine Handfläche ein, aber ich bemerkte es kaum, als ich hinunterstürzte, hinunter.

Schwere Schritte stampften hinter mir her.

Ich knallte auf das, was ich für das Ende der Treppe hielt, aber sie bog abrupt nach rechts ab. Vier Stufen, die in einen offenen Keller führten. Mein ganzer Körper schmerzte, ich rappelte mich auf und sprang die letzten vier Stufen hinunter. In meiner Eile prallte ich gegen einen Stapel Kisten, die an der Seite gestapelt waren. Sie stürzten um. Etwas Kleines und Metallenes klirrte auf dem Boden. Nägel, erkannte ich. Lange Nägel.

Die Treppe bebte. Er war fast an dem Punkt, an dem sie sich drehte. Er war nicht so schnell wie ich, denn er rollte sie nicht hinunter.

Ich war nur noch ein paar Sekunden außer Sichtweite. Ich nahm eine große Handvoll Nägel und warf sie über die letzten paar Stufen. Einige landeten auf der flachen Unterseite und ihre scharfen Spitzen zeigten direkt nach oben.

Dann erschien er am oberen Ende des zweiten Teils der Treppe und tauchte wie ein tödlicher Schatten über mir auf. Ich konnte nur dunkle Gestalten sehen. Vielleicht konnte er das auch nicht.

„Es wird mir Spaß machen, dich aufzubrechen, um zu sehen, was drin ist." Er machte den ersten Schritt nach unten.

Ich kniete immer noch am Boden und wich zurück, um ihn weiter die Stufen hinunter zu ziehen. Ich zischte vor Schmerz, als ich meine Handfläche mit dem Glas, das in meiner Haut steckte, auf dem Boden berührte.

„Du denkst, dass du jetzt Schmerzen hast. Du weißt nicht, was Schmerz ist, kleine Maus." Er machte noch einen Schritt. Keine Reaktion. Er musste die Nägel genau richtig treffen, um auf sie zu treten.

Ich musste ihn nur ausbremsen. Ihn für ein paar Sekunden ablenken und dann den Feenstaub in sein Gesicht blasen, das ich immer noch in meiner unverletzten, verschwitzten Handfläche hielt. Wenn das nicht klappte... Ich schaute über meine Schulter. Ich konnte nur vage Umrisse erkennen, die ich nicht ausmachen konnte. Vielleicht hatte ich es mir gerade zehnmal so schwer gemacht, weil ich im Dunkeln blind durch die Gegend rennen musste, während eine verrückte Fee hinter mir her war.

Ein weiterer Schritt nach unten. Ein weiterer Fehlschlag.

Scheiße. Ich schleppte mich auf dem Boden weiter weg. Die stechenden Schmerzen in meinem Körper ignorierend, wollte ich aufstehen, aber meine Beine drückten mich zurück auf den Boden. Wenn das nicht klappte, musste ich mich einfach mit meinem kaputten Körper auf ihn stürzen und hoffen, dass ich ihn erwischte, bevor er mich noch mehr kaputt machte.

Noch ein Schritt. Die Zeit verlangsamte sich, als die Luft in dem dunklen Keller versiegte.

und mit einem schmerzhaften Keuchen in seinen Mund geschleudert. Er stieß einen furchtbaren Schrei aus, der an meinem Trommelfell kratzte.

Ich hatte ihn erwischt.

Nach ein paar weiteren Fehlversuchen rappelte ich mich auf. Der Feenstaub rollte sich zu einer schweißnassen Kugel zusammen, als ich mit den Fingerspitzen darüber kratzte, aber ich hoffte, dass noch genug Staub da war, um den Job zu erledigen.

„Schlampe. Du *Schlampe*." Er holte mit einer fleischigen Faust aus, als ich näher kam, gerade außerhalb der Reichweite.

„Für dich Königinschlampe." Ich richtete meine Hand auf sein Gesicht und pustete. Kaum ein Luftzug fegte über meine Finger, aber es war genug. Er fiel um wie ein totes Gewicht und spießte sich hoffentlich noch mehr auf.

Mein zittriger Seufzer erfüllte den Keller.

Jetzt muss ich meinen Harem finden.

Hier unten konnte ich nicht sehen, wo meine Spur aus Drachenfeuer geblieben war, und ich war mir nicht sicher, ob ich noch mehr davon benutzen wollte. Nicht, wenn es wie beim letzten Mal meine Anwesenheit ankündigen könnte, falls andere Feen auf der Lauer lagen. Oder Petra oder ihr Mann oder Rio.

Also stolperte ich im Dunkeln herum und versuchte, einen Lichtschalter zu finden.

Als ich endlich eine fand, war das nicht sehr hilfreich. Ich stand in einem normal aussehenden Keller mit einer Waschmaschine und einem Trockner in der Ecke und einer Männerhöhle mit einem großen Fernseher, einer Couch und einer ziemlichen Sammlung von Bierflaschen, die herumlagen. Auf der anderen Seite des Fernsehers war eine geschlossene Tür, also ging ich darauf zu. Sie war verschlossen, aber das änderte sich bald. Sie führte in einen Raum mit einem großen Bett, das den größten Teil des Raumes einnahm und an dessen Bettpfosten pelzige Handschellen baumelten. An der Wand hing ein Gestell mit allen möglichen Peitschen, Ketten und Halsbändern.

Es schien, als würden Petra und ihr Mann gerne perverse Sachen machen. Oder ihr Mann und wer auch immer.

Mein Blick fiel immer wieder auf die Wand auf der anderen Seite des Bettes, silbern wie Eisen, mit einer Tür, aber ohne Knauf. Ich stöhnte innerlich auf. Wenn es hier so aussah wie in dem Zimmer, aus dem Belle und ich Léas in der Mack-Schule gerettet hatten, war ich mir nicht sicher, ob ich es schaffen würde. Nicht einmal für meinen Harem. Ich lief buchstäblich auf Sparflamme und fühlte mich, als würde ich durch Sirup laufen, während mein Gehirn wegen der Schmerzen hundert Zellen auf einmal abschaltete.

Aber ich konnte sie auch nicht hier lassen. Wenn der Geist es bis hierher geschafft hätte und ich ein paar Sekunden später gekommen wäre, hätte er sie in ihrem geschwächten Zustand leicht töten können. Vielleicht hatte er Petra und ihren Mann bereits getötet. Schließlich bedeutete die Beseitigung der Shifter, dass die Fae das Land und alle Menschen darauf haben konnten.

Aber nicht während meiner Herrschaft.

Ich schleppte mich vorwärts und drückte meine Hände an die Eisentür. Keine Schlösser, keine Knöpfe oder Griffe, aber neben der Tür stand ein kleiner Hocker mit einer Art Sexhandschuh, der aussah wie kleine Dildos für jeden Finger. Eisen tut Shiftern weh, also durften sie es nicht einmal anfassen, aber mit den seltsamen Sexhandschuhen konnten sie es wahrscheinlich. Ich vertrieb die schwarzen Punkte, die immer wieder in mein Bewusstsein eindrangen, und holte tief Luft. Dann drückte ich meine Hände an die Tür und drückte sie aus einer Ahnung heraus nach innen.

Sie öffnete sich mit einem Klicken und führte in einen hell erleuchteten Eisenraum. Darin standen drei Gestalten. Vertraut. Ganz. Lebendig.

„Jungs", schluchzte ich, als ich mich auf sie stürzte. Aber dann hielt ich inne.

Ihre Schultern waren angespannt, ihre Fäuste geballt, ihre Kiefer wütend zusammengebissen. Sie starrten mich an, als wollten sie mich töten und dann vor Anstrengung ohnmächtig werden. Sie brauchten dringend ihren Energieschub.

„Wer bist du?", fragte Tavis. Sein Gesicht sah abgemagert aus, seine Augen und Haare waren mindestens fünf Nuancen blasser als das schockierende Blau, das sie vorher waren. Sein T-Shirt, auf dem ein blauer Hydrant abgebildet war, schien ihm mehrere Nummern zu groß zu sein.

„Wer ist..." Oh. Wie konnte ich das nur vergessen? Léas hatte mein Gesicht verunstaltet, bevor ich hierher kam, um wie jemand anderes auszusehen. „Ich bin es. Ich bin Yara. Ich schwöre es. Ich habe Léas zurückgeholt, und sie ist im Schloss und..."

„Yara?" Vance trat vorsichtig einen Schritt näher. Schatten hingen unter seinen blassen Augen, und sein normalerweise leuchtend weißblondes Haar hatte seinen Heiligenschein verloren. Die Haut, die sich über seinem weißen Flanellkleid abzeichnete, war fast durchsichtig.

Ich nickte und die Tränen liefen noch schneller über meine Wangen.

„Beweise es", sagte Calhoun. Seine Kieferpartie und seine Wangenknochen waren schärfer und ließen ihn noch dunkler und gefährlicher aussehen, vor allem mit seiner komplett schwarzen Kleidung.

„Ich habe oben einen Isbon Mack Staubsauger", sagte ich.

Die schönsten Grimassen leuchteten auf ihren Gesichtern, auch wenn es so aussah, als würde ihnen die Anstrengung wehtun, und ihre Vorsicht verflog sofort, als sie auf mich zustürmten. Ich klammerte mich nacheinander an jeden von ihnen und konnte meine erschöpften, erleichterten Tränen nicht zurückhalten. Es war, als ob ein Damm in mir gebrochen wäre, aber es fühlte sich gut an. Es war sogar erfrischend. Es war, als würde meine Angst weggespült und nur das übrig bleiben, was ich für sie empfand. Ich hatte noch keinen Namen dafür, aber es war etwas Mächtiges, etwas, das mich für immer an sie binden würde.

Tavis umfasste meine Wangen und beugte sich herunter, wobei sein Haar meine Stirn kitzelte. „Wie hast du Léas zurückbekommen?"

„Ich hatte die Hilfe von Belle Harrison. Ich verspreche, dass ich euch alles erklären werde, aber wir müssen los. Auf der Treppe schläft eine Fee, und heute Abend ist das Nicht-Vollmond-Ritual."

„Eine Fee hier?" Ein Schatten überzog Calhouns Gesicht und ließ die Winkel in seinem Gesicht dunkler erscheinen.

Ich nickte. „Er muss kurz vor mir hier gewesen sein und war auf dem Weg die Treppe hinunter. Wenn er vor mir hier gewesen wäre..."

„Dann würden wir dieses Gespräch jetzt nicht führen", sagte Vance. „Wir müssen gehen. Komm schon."

Ohne ein weiteres Wort verließen wir den Raum und gingen in den Rest des Kellers. Ich hielt mich an den Armen von Tavis und Vance fest, weil sich meine Beine wie Gelee anfühlten, während Calhoun vor uns herstakste. Die Fae war immer noch auf der Treppe wie ein riesiger Felsbrocken, der uns im Weg stand.

Tavis beugte sich vor und fragte im leisesten Flüsterton: „Du hast eine Fae seiner Größe erledigt?" Als ich nickte, grinste er und reichte mir seine Hand für ein leises High Five. „Verdammt knallhart."

Calhoun packte die Fae am hinteren Teil seines Hemdes und rollte sie zur Seite, damit wir vorbeigehen konnten. Als wir es die Treppe hinauf und zur Haustür geschafft hatten, musste ich blinzeln, um geradeaus zu sehen. Mein Hals drehte sich, als wäre mein Kopf zu schwer, um mitzuhalten. Tavis' Lachen, als er mein Vakuum sah, wurde immer leiser.

Während Calhoun die Tür öffnete, rüttelte mich Vance sanft. „Yara? Geht es dir gut?"

Ich war mir nicht sicher, ob ich halluzinierte, aber egal ob ich es war oder nicht, ich riss mich wach. Da, auf der Veranda, standen Petra und Rio in Laufklamotten. Der Schweiß glitzerte auf ihrer Haut, und sie waren zusammengekrümmt und keuchten, als hätten sie Aerosole gesaugt. Sie sahen völlig erschöpft aus. Vielleicht war es eine schlechte Idee gewesen, ohne ihren monatlichen Energieschub zu joggen.

Bei unserem Anblick zuckten ihre Köpfe hoch und ihre Augen wurden groß.

Die Wut schnappte in mir zu wie ein Stolperdraht. Mühsam zwang ich all meine Schmerzen weg und richtete mich auf, um ihnen direkt in die Augen zu blicken. „Was machst du in meinem…?" begann Petra.

Ich schlug ihr mitten ins Gesicht. Ich hatte meine glasbedeckte Hand bereits zu einer Faust gepresst und kümmerte mich weder um das schreckliche Brennen noch um das Knacken meiner Fingerknöchel auf dem Knochen. Dann drehte ich mich zu Rio um und schlug ihr ebenfalls ins Gesicht, so fest, dass ihre blonden Locken wippten.

„Das ist von Königin Yara." Ich fegte an ihnen vorbei und schaffte es nur ein paar Schritte von der Veranda, bevor meine Knie nachgaben und ich endgültig zu Boden ging.

FÜNFTES KAPITEL

Ich wachte mit einem Schreck auf und richtete mich mit klopfendem Herzen auf. Was war passiert? Warum war ich in meinem Bett, obwohl ich eigentlich...

Drei perfekte Gesichter blickten auf mich herab, die Besorgnis war tief in ihre Brauen gezeichnet.

„Ja", sagte Tavis mit einem kleinen Lächeln. „Ich glaube, es hat funktioniert."

„Tavis?" Mit einem tiefen Seufzer der Erleichterung ließ ich mich zurück in den Kissenhaufen fallen. „Ihr seid alle in Sicherheit."

Vance beugte sich vor und drückte mir einen süßen Kuss auf die Stirn. „Das verdanke ich dir."

„Wie fühlst du dich, mein Schatz?", fragte Calhoun.

„Besser, jetzt wo ihr hier seid." Und das war auch gut so. Die Fee hatte mich ziemlich übel zugerichtet, aber das Einzige, was wirklich weh tat, war der stechende Hunger in meinem Magen.

Meine Schulter und mein Rücken fühlten sich völlig geheilt an und die Hand, mit der ich die Glühbirne gegriffen hatte, hatte nicht einmal Narben. „Das mit der Fee ist wirklich passiert, oder?"

„Ja", sagte eine Stimme vom Fußende des Bettes. Léas. Sie sah so anders aus, als das Sonnenlicht über mein Schlafzimmer in der Burg strömte und kleine Staubmotive in ihrer dunklen Macht aufwirbelte. So sah sie weniger wie eine wilde Göttin und mehr wie eine ätherische Schönheit aus. „Die Feen sind überall in Häuser eingebrochen, um Drachenwandler zu töten und Menschen zu essen. Aber ich habe dich geheilt und dein Gesicht wieder in ein normales verwandelt. Gern geschehen."

„Danke. Ich bin sicher, ich sah aus wie ein Teller Rührei."

Ihre Mundwinkel zuckten leicht.

Tavis strich mir die Haare zurück, eine herzzerreißend sanfte Geste. „Eine verrührte Yara mag ich am wenigsten."

„Ich werde es nicht wieder tun, es sei denn, ich muss es tun, glaub mir", sagte ich. „Was ist denn am Ende passiert? Es wurde ein bisschen unscharf."

Calhoun lächelte und kratzte sich an seinem schattigen Kiefer. „Du bist ohnmächtig geworden, nachdem du Petra und Rio deine Fäuste gezeigt hast."

Tavis nickte. „Sie waren so beeindruckt von ihnen, dass sie sofort umkippten wie zwei Säcke Reis. Es war wirklich eine Ehre, zuzusehen."

„Das glaube ich." Ich schaute zu Léas. „Also die richtige Zeremonie?"

„Wir haben noch ein paar Stunden Zeit", sagte sie. „Mach dich fertig, wir besprechen die Einzelheiten für heute Abend und gehen dann zum Vivix-Gebäude für das echte... Nicht-Vollmond-Ritual, wie du es genannt hast. Ich bleibe hier und schaue mir Wiederholungen der *Golden Girls an*, bis es an der Zeit ist, allen anderen den wahren Ort zu verraten."

„*Golden Girls*?" Nie davon gehört. Bevor wir hierher kamen, hatten Asa und ich nicht einmal einen Fernseher.

„Der Haken kommt jetzt." Sie zuckte mit den Schultern, eine so lässige Geste für eine Drachengöttin. „Ich habe ein Kleid für dich ausgesucht, das geeignet ist, die Kräfte der Königin heute Abend zu empfangen. Es hängt an der Innenseite deines Kleiderschranks. Kein Gift." Ihr Gesichtsausdruck wurde stürmisch, als sie aus dem Fenster blickte. „Ich habe es überprüft."

Ich konnte praktisch hören, wie ihr Zorn Rio und Petra verschlang und sie wieder ausspuckte. Im Vergleich zu Léas waren meine Fäuste in ihren Gesichtern ihre geringste Sorge. Gut, dass die Drachengöttin auf meiner Seite war, denn der heutige Abend würde mit Sicherheit ein Drama werden.

Wir hatten noch ein paar Stunden Zeit, also aßen mein Harem und ich mit Asa im Kunstraum. Wir fünf saßen um den mit Farbe bespritzten Tisch und stopften uns die Bäuche voll wie eine richtige Familie.

Tavis hielt sich die Hände vor den Mund wie ein Megafon. „Kann mir bitte jemand den Pfeffer reichen?"

„Zum Teufel..." Calhoun schaute Asa an. „Verdammt noch mal, Tavis, steh auf und hol es dir das nächste Mal selbst, anstatt zwanzig Mal darum zu bitten." Calhoun nahm lässig den kleinen Kanister vom Tisch und warf ihn ihm an den Kopf.

Er verfehlte ihn und Tavis konnte ihn nicht einmal auffangen. Der Behälter kippte um und verteilte sich auf dem Tisch. Die Anstrengung schien sie noch mehr zu erschöpfen. Sie brauchten ihren Energieschub, und zwar bald.

„Du hast daneben geworfen, Alter", sagte Tavis. „Wer hat dir das Werfen beigebracht? Ach ja. Das war Vance."

„Ich schwöre bei allem, was heilig ist, ihr zwei", sagte Vance, während er seinen Burger und seine Pommes inhalierte. „Ich habe es gesagt, als ihr geboren wurdet, und ich sage es wieder: Ich wünschte, Mom hätte stattdessen Steine aus dem Krankenhaus mitgebracht."

Asa warf den Kopf zurück und lachte so sehr über den Austausch der Brüder, dass er schnaubte. Daraufhin musste auch ich kichern.

Alles war so einfach und entspannt mit uns fünf, und ich konnte es kaum erwarten, dass es von nun an jeden Tag so sein würde. Mit dieser Vorfreude könnte ich jede Spezies beherrschen und alle Kriege gewinnen. So fühlte ich mich jedenfalls, wenn ich mit ihnen zusammen war. Sie und der

Zuckerrausch von dem großen Schokoshake, den ich gerade getrunken hatte. Ich fühlte mich, als wäre ich ganz oben auf der Welt.

Ich war vor allen anderen fertig und stand mit einem Lächeln auf, das so groß wie mein Gesicht war. „Ich bin bereit." Für heute Abend. Für alles, was noch kommen sollte.

Und ich habe es ernst gemeint.

Als wir zum Vivix-Gebäude in Evenza fuhren, kribbelte es in meinem Bauch vor Vorfreude. Bald würden die Fae furchtbar verwirrt sein, wenn niemand im Gebäude der Slanted Corporation auftauchte, wo ich die Shifter hingeschickt hatte. Alle würden auf der anderen Seite der Stadt sein. Léas hatte den wahren Standort bereits über die Rückentätowierungen der Shifter bekannt gegeben und uns versichert, dass der Stromstoß selbst schnell gehen würde.Und dann? Ich würde die Macht meiner Königin bekommen und wir würden alle zurückschlagen.

Würde dieser Plan überhaupt funktionieren? Wenn ich das wüsste. Aber ich war fest entschlossen, es zu versuchen. Ich hatte zu lange und hart gekämpft, um jetzt aufzugeben, und ich fing tatsächlich an zu glauben, dass ich ein guter Herrscher sein könnte. Sicher, es gab ein paar schlechte Äpfel in der barbarischen Herdplatte - streichen Sie das -

Drachenwandler-Spezies. Sicher, diese Spezies hatte eine Menge Probleme, aber welche Spezies hatte die nicht? Okay, es gab wahrscheinlich einige, die das nicht hatten. Aber trotzdem. Auch ich war unvollkommen, aber ich arbeitete an diesen Unvollkommenheiten und versuchte, nicht die ganze Spezies nach den Taten einiger weniger zu beurteilen. Sie konnten auch an ihren Unvollkommenheiten arbeiten.

Wir konnten uns gegenseitig helfen. Das war eigentlich ein großer Teil des heutigen Abends - einander zu helfen.

Und der einzige Grund, warum ich dachte, dass das tatsächlich funktionieren könnte, waren die drei verdammt sexy Drachenwandler, die mit mir im SUV saßen. Sie waren alle drei in blau-weiß-schwarze Smokings gekleidet, die meine Eierstöcke jedes Mal zum Explodieren brachten, wenn ich sie ansah. So gut wie immer. Tavis hatte sogar sein blaues Haar zurückgeschnitten, was seine Wangenknochen schärfer hervortreten ließ, und ich wollte jeden Zentimeter von ihm ablecken. Vance hatte sich die Haare aus dem Kiefer rasiert, was sein ganzes Gesicht zum Küssen weich machte. Ich hatte es überprüft. Und Calhoun sah so dunkel und gefährlich aus wie immer, vor allem, wenn er mir Blicke zuwarf, die sich in mir zu einer sinnlichen Liebkosung zusammenrollten.

Was mich betrifft, so hatte Léas ein exquisites Kleid ausgesucht, das ich mir selbst nie zugetraut hätte. Es war ein sexy, schimmerndes schwarzes Kleidchen, das eine Schulter entblößte, meine Brust hochdrückte und meine Beine bis zu meinen hohen Absätzen hinunterfloss. Die Schlitze reichten bis über beide Oberschenkel, so dass ich beim Gehen meine *ganzen* Beine zeigen konnte. Als Krönung trug ich meine Krone.

Calhoun war damit beschäftigt, neben mir zu sitzen und meinen Oberschenkel zu massieren. Tavis saß auf der anderen Seite von mir und streichelte meinen anderen, und im Rückspiegel schaute Vance vom Vordersitz aus fast genauso oft zu uns zurück, wie er auf die Straße blickte.

Ich wusste, was sie wollten, denn ich wollte dasselbe. Die Kombination aus den dreien entfachte tausend heiße Flammen zwischen meinen Beinen. Das Drachenfeuer in mir fackelte die Innenseite meiner Haut ab, und das nur, weil sie alle hier und in Sicherheit waren. Ich brauchte auch nicht den Paarungsgesang, um mich anzuspornen.

Ich drehte mich zu Calhoun um, meine Brust hob sich, weil ich ihn so sehr wollte, und ich zog seine Hand weiter auf meinen Oberschenkel.

„Verdammt, Süße", säuselte er und seine dunklen Augen blitzten. „Sieht aus, als hätte jemand seine Unterwäsche vergessen."

Mit Leichtigkeit versenkte er zwei Finger in mir, und ich presste mich mit einem Wimmern gegen ihn.

„Schwänze raus", sagte ich zwischen zwei Bewegungen. „Ihr alle."

Ich war ein anderer Mensch als bei meiner ersten SUV-Fahrt mit ihnen. Damals war ich zu schüchtern und schämte mich, ihnen zu sagen, was ich brauchte. Jetzt wollte ich, dass Tavis und Vance es genießen, mir dabei zuzusehen, wie ich Calhoun ficke, denn sein Fetisch war Sex im Auto. Er hatte ihn auch zu meinem gemacht.

Die Reißverschlüsse öffneten sich, und drei steinharte Erektionen kamen zum Vorschein. Bei ihrem Anblick lief mir das Wasser im Mund zusammen und ich presste mich noch fester gegen Calhouns stoßende Finger. Sein Daumen rieb an meiner Klitoris, während die drei begannen, sich zu streicheln, während sie mir dabei zusahen, wie ich mich wand. Ich lehnte meinen Kopf gegen den Sitz, hob mein Kleid hoch und spreizte meine Beine, damit sie alles sehen konnten. Sie stöhnten und streichelten sich noch heftiger. Sie rollten ihre Hüften nach oben, während ihre Fäuste gegen ihre Eier klatschten.

Ein intensiver Schmerz erfüllte meine Muschi, als ich sie beobachtete. Aber jetzt wollte ich mehr. Ich ließ Calhouns Hand los und kletterte auf ihn, so dass mein Scheitel fast die Decke des Autos berührte. Er packte mich an den Hüften, bevor ich mich auf ihn herablassen konnte, und verschloss meinen Mund mit einem brennenden Kuss. Ich stöhnte laut auf, ein Laut der Freude und der Verzweiflung zugleich. Ich wollte mehr, aber ich konnte mich nicht aus seiner Umklammerung befreien.

Mit einem verruchten Lächeln ließ er mich langsam, ganz langsam herunter, bis er bis zu den Eiern in mir steckte. Ich warf meinen Kopf zurück und genoss es, wie gut er mich ausfüllte und wie ich mich perfekt um seine Größe dehnte. Verdammt, er fühlte sich gut an.

Er knurrte wie zustimmend und presste dann seine Lippen wieder auf meine. Ich ritt ihn mit rücksichtsloser Hingabe und erwiderte jeden seiner Hüftstöße mit meinen eigenen. Ich spürte bereits das leise Pulsieren eines nahenden Orgasmus, also verlangsamte ich mein Tempo etwas, um den Moment zu genießen. Ich griff nach Tavis' Hand, der sie fest umklammerte. Sein Kopf war nach hinten auf den Sitz gefallen, während er sich fieberhaft anstrengte und seinen hungrigen, halbgeschlossenen Blick auf mich richtete. Hinter meinem Rücken griff Vance über den Fahrersitz, schlang seine Faust um meine Haarspitzen und zerrte mich mit einem hitzigen Kichern von Calhoun weg. Ein entfernter Teil von mir fragte sich, wie er mich berühren, sich einen runterholen und gleichzeitig fahren konnte, aber dann wurde mir klar, dass es auch ein anderes selbstfahrendes Auto sein könnte.

„Unser Fahrer ist ein Arschloch", murmelte Calhoun. Dann beugte er sich vor, um meinen Mund weiter zu verschlingen.

Der neue Winkel seines Schwanzes in mir rieb mich so, so richtig. Ich keuchte, meine Hüften wurden schneller, ich wollte mehr und mehr. Er packte mich fester an den Hüften, um mich noch härter auf ihn zu stoßen, seine Berührung war schmerzhaft, sein Fick wild und heiß. Genau so, wie ich es mochte.

Ein Kribbeln kroch über meine Wirbelsäule und schoss in einer gewaltigen Explosion nach außen. Ich zitterte um Calhoun herum, jeder einzelne Teil von mir war erregt und bebte. Er schluckte mein lautes Stöhnen hinunter, dann spannte sich sein ganzer Körper an und er warf den Kopf zurück.

„Oh. Yara. *Fuck.*" Er schüttelte sich und kam tief in mir, während meine Muschi immer noch um ihn herum zuckte.

Tavis kam als Nächster und schoss über seine gemeißelten Bauchmuskeln nach oben. Er hatte vorausschauend seinen Smoking aus dem Weg geräumt. Dann kam Vance mit einem Brüllen, seine Faust war immer noch in meinen Haaren und er zog im gleichen Rhythmus, wie seine Hüften auf den Nachbeben ritten.

Das ganze Auto roch nach Sperma und Sex, was das Drachenfeuer in mir wieder zum Leben erweckte. Ich holte Luft und wand mich ein wenig gegen Calhoun, der mir im Gegenzug ein freches Grinsen schenkte. Ich war bereit, es immer wieder mit meinem ganzen Harem zu treiben.

Aber der nächste Satz aus Vance' Mund ließ diesen Gedanken erstarren.

„Wir werden verfolgt."

SECHSTES KAPITEL

TAVIS, CALHOUN UND ICH versuchten, durch die Heckscheibe zu schauen, aber es war zu dunkel, um etwas anderes als die Scheinwerfer zu sehen.

„Ist es die Fee?", fragte ich und kletterte von Calhoun herunter.

„Ich bin mir nicht sicher, aber sie haben angefangen, uns genau zu verfolgen", sagte Vance. „Schnallt euch alle an. Ich werde versuchen, sie abzuschütteln."

Er warf uns ein paar Servietten aus dem Handschuhfach zu, und wir schnallten uns an, machten uns sauber und richteten unsere Kleidung. Zum Glück befanden wir uns bereits in der Nähe von Evenza und nicht in der Nähe von Klippen, die der Geländewagen hinunterrollen könnte. Da war ich schon mal und wollte nie wieder hin.

Vance trat auf das Gaspedal und schlängelte sich zwischen den Autos hindurch, aber es waren zu viele, um uns abhängen zu können. Er raste um Kurven, fuhr in Einbahnstraßen in die falsche Richtung und überfuhr gelbe und manchmal auch rote Ampeln, aber das Auto hinter uns blieb immer noch eingeklinkt.

Nicht nur das, wir haben auch noch ein weiteres Auto hinter dem ersten aufgegabelt.

„Siehst du das zweite Auto?", fragte Tavis, der seinen Kopf nach hinten neigte, um hinauszusehen.

„Ja", zischte Vance. „Okay, wir ändern den Plan. Wir lassen das Auto stehen und rennen zum Vivix-Gebäude."

„Was?" Calhoun bohrte seinen missbilligenden Blick in den Hinterkopf seines Bruders. „Das ist die schlechteste Idee, die du je hattest. Wenn sie uns sehen, wissen sie genau, wo das Ritual stattfindet."

Vance schüttelte den Kopf. „Léas sagte, es würde nicht lange dauern, und wenn sie die Fae auf unseren Fersen sieht, habe ich das Gefühl, dass sie uns den Energieschub noch schneller geben wird."

„Sie werden uns dort hineinjagen", argumentierte Calhoun.

„Hast du eine bessere Idee? Sie sind etwa fünf Zentimeter von meiner hinteren Stoßstange entfernt. Sie gehen nirgendwo hin und wir können sie ohne unseren Stromstoß nicht abwehren."

„Er hat Recht", sagte ich. „Wir müssen das tun."

Tavis nickte, seine blauen Augen waren starr. „Mach dich bereit zu laufen, Yara."

Ich streifte meine Absätze ab, da ich ohne sie schneller laufen würde, und nahm meinen Gurt ab. Ich nahm auch meine Krone ab und legte sie auf den Boden, denn das war ein eindeutiges Zeichen dafür, wer ich war. Wenn sie es nicht schon wüssten. Verdammt, wussten sie es? Die Fenster waren zu dunkel, um mich zu sehen, zumindest für meine menschlichen Augen.

„Fertig", sagte ich.

„Umzingelt Yara, wenn wir reingehen", befahl Vance und machte eine scharfe Kurve, bei der die Reifen quietschten. „Bereit..."

Ich erkannte das Vivix-Gebäude geradeaus auf der linken Seite, das genauso groß und imposant aussah wie bei den letzten Malen, die ich dort gewesen war. Mein Herz klopfte in meiner Brust. Fae waren lächerlich schnell und trickreich. Was, wenn sie uns erwischten?

Vance kam mitten auf der Straße zum Stehen. „Los jetzt!"Wir stürzten aus dem Auto, ohne uns die Mühe zu machen, die Türen hinter uns zu schließen. Mein Harem schloss sich schnell um mich, während wir wie wild zum Gebäude rannten. Meine nackten Füße klatschten auf den Bürgersteig, und jeder rennende Schritt rüttelte mich so sehr durch, dass ich die Zähne zusammenbiss.

Zu viert stürmten wir durch die Eingangstür des Wolkenkratzers. Statt nach links zu gehen, wie ich es sonst tat, gingen wir nach rechts und überfuhren dabei fast mehrere nackte Marmorstatuen. Wir rannten zu der hinteren Wand, die mit Aufzügen gefüllt war. Calhoun war zuerst da und drückte mit dem Daumen auf den Aufzugsknopf, den Blick über seine Schulter gerichtet.

Ich habe auch nachgesehen. Immer noch nichts. Ich kam ins Schleudern und suchte über den Aufzügen nach den digitalen Zahlen, die anzeigten, in welchem Stockwerk sie sich befanden. Sie schienen alle meilenweit entfernt zu sein. Inzwischen standen wir hier im Freien, wo uns jeder Fae, der vorbeikam, sehen konnte. Tavis und Vance blockierten mich von hinten, aber sie waren genauso leicht zu finden wie ich.

„Komm schon, komm schon", knurrte Calhoun.

„Sollen wir die Treppe nehmen?", fragte Tavis und deutete auf eine nahe gelegene Tür mit der Aufschrift „Treppe".

„Dann wären wir wirklich von allen Stockwerken aus im Freien", sagte Vance.

Was sich wie Minuten anhörte, waren wahrscheinlich nur Sekunden, als ein Klingeln ertönte und sich ein Aufzug öffnete. Wir stürmten hinein und Calhoun drückte weiter auf die Knöpfe. Endlich begannen sich die Türen zu schließen. Wir atmeten gemeinsam aus.

Doch in letzter Sekunde, bevor sich die Türen seufzend schlossen, schob sich eine Hand aus dem Nichts durch den Spalt. Die Türen öffneten sich zischend, und da stand, eingefroren in meiner Erinnerung von den Sicherheitsaufnahmen, die ich aus dem Vivix-Gebäude gestohlen hatte, Olivers Mörder selbst. Und drei weitere männliche Fae hinter ihm.

Oh Scheiße! Kaltes Grauen rieselte mir den Rücken hinunter.

„Sieh an, sieh an, sieh an", sagte Olivers Mörder. „Ich bin überrascht, dass die Party heute Abend *hier* stattfindet und nicht im Gebäude der Slanted Corporation, wie Eure Hoheit gesagt hat. Bertrand, mach den Anruf."

Eine der anderen Feen huschte davon.

Die drei Übriggebliebenen kamen wie eine Wand in den Aufzug, ihr grausames Lächeln ergriff meine Lungen und zerdrückte sie. Mein Harem setzte sich trotz ihres geschwächten Zustands in Bewegung, obwohl sie in die Enge getrieben wurden, als die Tür wieder zuglitt. Tavis zerrte mich hinter sich her, während Calhoun und Vance nach vorne stürmten, um die Fae frontal zu treffen.

Der Aufzug begann zu steigen.

Harte Schläge prallten im Aufzug ab. Die Körper schlugen so heftig gegen die Wände, dass der ganze Aufzug erschüttert wurde. Tavis versuchte, mich mit seinem Körper von all dem abzuhalten und blickte dann nach oben zur Deckenplatte. Ich verstand schnell, worauf er hinauswollte und hob meinen Fuß, während er seine Hände faltete, damit ich in sie treten konnte.

Er sprang mich so schnell hoch, dass mein Kopf gegen die Scheibe schlug. Ich schleppte mich durch die Decke und in den Aufzug, meine Haare wehten um mich herum, als wir uns bewegten. Wir waren auf dem Weg in die oberste Etage. Wenn ich nicht zurück in den Aufzug gehen könnte, würde ich zerquetscht werden. Mein Magen drehte sich um. Was für eine furchtbare Art zu sterben.

Ich schaute nach unten und wünschte mir sofort, ich hätte es nicht getan. Ein Paar schwarzer Augen begegnete mir. Olivers Mörder. Ein bösartiges Lächeln huschte über sein Gesicht, während er nach oben griff, als wolle er sich durchziehen. Calhoun packte ihn am Kragen und verpasste ihm eine Kopfnuss. Das schien die Fae nicht einmal zu stören. Er rammte Calhoun den Absatz seiner Handfläche in den Hals. Calhoun gab einen schrecklichen Würgelaut von sich und taumelte davon.

Der Rest des Aufzugs war ein brutales Durcheinander von Gewalt und Blut.

Feenstaub würde sie alle umhauen, sogar meinen Harem, aber das war nur vorübergehend. Und es war besser, als nichts zu tun. Ich schnallte das fast leere Fläschchen ab und entkorkte es, aber eine Hand griff nach meinem Knöchel und zerrte daran. Ich schleuderte über das Dach des Aufzugs. Das Fläschchen hüpfte einmal, zweimal über meine Fingerspitzen. Sie hielt sich in der Luft, glitzerte im Licht des Schachtes und verriet mir, wie nah sie war. Nah, aber zu weit weg. Dann verschüttete sie ihren Inhalt nach unten. Ich griff nach dem Fläschchen. Ich brauchte mehr davon, um diesen Scheißkerl auszuschalten, aber es sprang vom Aufzug ab und stürzte nach unten.

Fuck.

Ich trat mit beiden nackten Füßen nach dem Mörder. Ein Fuß traf seinen Nasenrücken, und der scharfe Knall tat mir wahrscheinlich mehr weh als ihm. Er schlängelte sich an meiner Wade hoch, zog dabei mein Kleid hoch und hielt mich fest. Seine schwarzen Augen glitzerten vor Erregung, als sie meinen Körper auf und ab fuhren.

„Oh ja", sagte er. „Ich weiß genau, wo ich anfangen muss, dich zu fressen, menschliche Königin."

„Den Teufel wirst du tun", spuckte ich.

Was auch immer er dachte, dass er mir antun würde, es würde *definitiv* nicht passieren.

Ich befreite meinen Titanosaurus von meinem Oberschenkelband und schlug zu. Es spaltete seine Stirn, wo sein Haar auf die Haut traf. Das Blut floss in einer grausigen Maske über sein Gesicht.

Als ihn das nicht bremste, trat ich noch mehr, krümmte mich und schlug und stach zu, aber er war zu stark. Als seine Finger meinen Oberschenkel hinauf wanderten, wusste ich, dass ich etwas anderes tun musste. Etwas Extremes, um ihn aufzuhalten. Ich warf einen Blick auf die Spitze des Schachts, der in weniger als drei Metern Entfernung auf uns zuraste. Unten hatte das Geräusch von Schlägen und Grunzen aufgehört. Sie schliefen alle von dem verschütteten Feenstaub.

Das bedeutete, dass es an mir lag, zu überleben.

Mit aller Kraft, die mir noch blieb, drückte ich meine Augen fest zu und rollte uns beide zurück in den Aufzug. Er landete hart unter mir, nur Sekunden bevor der Aufzug ruckartig zum Stillstand kam. Ich wagte es nicht, nach oben zu schauen, um zu sehen, wie nahe ich daran war, im Schacht zerquetscht zu werden.

Der Aufzug klingelte und begann sich zu öffnen. Olivers Mörder stöhnte, also schlug ich ihm ins Gesicht.

Das machte ihn nur noch wütender. *Gut gemacht, Yara*. Er richtete sich auf und zog mich mit sich, sein Griff um meine Arme war brutal.

Ein Hitzeschwall traf meinen Körper von außerhalb der offenen Türen, es kochte, aber es tat nicht weh. Ich starrte in die Flammen und taumelte dann mit einem Schrei zurück. Der größte Drache, den ich je gesehen hatte, stand vor dem obersten Stockwerk des Vivix-Gebäudes und schleuderte mir grün glitzerndes Feuer aus seinem Maul direkt ins Gesicht. Aber die Flammen prallten einfach ab. Ich starrte ehrfürchtig auf das wogende Feuer und den Drachen dahinter.

Léas. Das musste so sein. Ihre Schuppen waren schimmernd schwarz, irgendwie noch dunkler als die von Calhoun. Auf ihrem Rücken ragten Hörner auf, die genauso tödlich aussahen wie ihre Klauen und Zähne. Sie war eine wunderschöne, unnachgiebige Kraft.

Ihr Feuer vermischte sich mit dem Feuer in mir, zog es an die Oberfläche und verschmolz mit ihm. Winzige Glutnester schossen durch meine Haut nach oben. Die Macht schwirrte durch meinen ganzen Körper und erfüllte mich von innen heraus, bis ich dachte, ich würde platzen. Die Macht der Königin. Es war ein unglaubliches Gefühl. Beängstigend, aber erstaunlich.

Die Flammen breiteten sich im Inneren des Aufzugs aus. An meinen Seiten erhoben sich drei wunderschöne Drachenwandler, deren Gesichter nicht mehr hager und schattenhaft waren, nicht mehr blutend und zerschrammt vom Kampf, sondern lächelten dem Feuer entgegen. Sie hatten endlich ihren Energieschub bekommen.

Die Flammen brannten sich durch alle Feen, aber nicht mit Gewalt. Die Elfen verschwanden einfach, als wären sie nie hier gewesen. Zurück in ihr Land, wo sie besser bleiben sollten. Das war eine weitere meiner Ideen, denn ich wollte nicht eine ganze Spezies auslöschen. Nennt mich verrückt. Wir würden sogar eine Patrouille an der Grenze aufstellen, falls die besonders dummen Fae einen weiteren Versuch wagen würden. Die Shifter dort würden sie mit einem weiteren Feuerstoß in ihre Schranken verweisen. Wenn die Fae sich benehmen können, können wir sehen, wie sie sich hier verhalten. Bis dahin gibt es für jede Fae eine Tracht Prügel.

Léas' Feueratem hörte auf, und sie trat zurück, um uns rauszulassen und unseren Plan zu Ende zu bringen. Jetzt mussten wir nur noch auf das Dach kommen. Es gab nur einen Aufzug, also mussten wir ihn finden.

„Wie geht es euch, Jungs?", fragte ich sie, als wir an ihr vorbei in den Flur eilten.

Hinter uns ertönte ein weiterer Aufzug. Noch mehr Feen? Noch mehr Shifter? Léas war schon dabei, als die Türen aufglitten.

„*Viel* besser", sagte Vance und legte seine Hand auf meinen Rücken.

„Als würde man eine Königin ficken", grummelte Calhoun.

Tavis johlte, als er in die Luft sprang und an die drei Meter hohe Decke klatschte. „*Das ist es*, wovon ich spreche."

Ich lachte, bis mir der Magen wehtat, denn ich war nicht nur im Rausch der Macht, sondern auch im Rausch des nahen Sieges. Er war so nah, dass ich ihn schmecken konnte. Und ich war begeistert, dass meine Jungs sich wieder wie sie selbst fühlten.

„Und du?", fragte Vance, während seine Handfläche über meinen Rücken glühte. „Wie geht es dir?"

„Als ob wir gewinnen könnten", gab ich zu.

„Verdammt richtig", murmelte Calhoun, dessen Körper sich vor Entschlossenheit anspannte.

Da das oberste Stockwerk verlassen zu sein schien, fanden wir den Aufzug auf das Dach leicht. Ein heftiger Windstoß schlug mir die Haare ins Gesicht, als wir ausstiegen, und Tavis blieb stehen, um mir zu helfen, sie zu ordnen, und kicherte. Das Sternenlicht leuchtete in seinen hellblauen Augen, und ich schätzte mich glücklich, dass ich in diese Augen schauen konnte, wann immer ich wollte.

„Was?", fragte er.

„Du bist wunderschön."

Er beugte sich für einen kurzen Kuss herunter. „Komisch, ich habe gerade das Gleiche über dich gedacht."

„Bist du bereit zu wechseln, Königin Yara?", fragte Vance.

Von allen Teilen des Plans, diesen Krieg zu gewinnen, machte mir dieser Teil am meisten Angst. Léas hatte mir erklärt, dass dies mit der Macht der Königin einhergeht. Ich verwandle mich. Ich fliege. Ich *atme Feuer*. Ich wusste, dass es getan werden musste, aber wir sprachen hier über mich. Ein menschlicher Dieb. Zwar nicht mehr, aber trotzdem.

Ich nickte steif und meine Knie wackelten auf dem Weg über das Dach zum Rand. Allerdings nicht bis zur Kante. Hatte ich schon erwähnt, dass ich Höhenangst hatte? Ich war also kein Fan.

„Wenn du den Dreh erst einmal raus hast, ist das kein Problem", versicherte mir Calhoun.

„Ja, es ist der Teil, der mich beunruhigt, wenn ich den Dreh raus habe", sagte ich.

„Wir werden immer an deiner Seite sein. Dir wird nichts zustoßen." Tavis verschränkte seine Finger mit meinen, sein Blick war aufrichtig.

Vance ließ seine Hand zu meiner Arschbeuge hinuntergleiten und drückte sie. „Wir halten dir den Rücken frei."

Ich gluckste. „Daran habe ich keinen Zweifel."

„Wann immer du bereit bist", sagte Tavis.

Calhoun nickte einmal, sein Gesichtsausdruck war der Inbegriff von Geduld.

Meine erste Schicht musste aber eher früher als später stattfinden, sonst würde ich noch mehr Shifter-Tote zu verantworten haben. Ich musste es jetzt tun. Meine Kehle war knochentrocken, meine Glieder zitterten immer noch, ich schloss die Augen und konzentrierte mich.

Okay, verwandle dich.

Etwas tief in mir zerrte an der Forderung. Ein seltsames Gefühl entfaltete sich in meinem Bauch und breitete sich über meinen Kopf bis hinunter zu meinen Zehen aus. Und es breitete sich weit über mich hinaus aus, als ob die Kraft in mir nach dem Nachthimmel greifen würde. Meine Haut kribbelte vor Hitze und ich stellte mir vor, wie die grüne Glut von Léas auf meinem Körper tanzte. Vielleicht waren sie das auch. Ich hatte zu viel Angst, um hinzusehen.

Ich fühlte mich anders, das war sicher. Und... größer? Langsam öffnete ich meine Augen. Drei Drachen - ein schwarzer, ein blauer und ein weißer - starrten mich mit einem zahnlosen Lächeln an. Also... hatte ich es geschafft? Ich riskierte einen Blick nach unten und keuchte. Ich war verdammt groß. Aber auch verdammt sexy für eine Drachenkönigin. Meine Schuppen waren leuchtend grün und glitzerten im Nachthimmel, als ob ich aus Licht bestünde. Mein Schwanz war dick und lang und mit knallharten Stacheln besetzt, und meine Klauen waren zu tödlichen Spitzen gefeilt und geformt.

Und meine Flügel... Ich habe meinen Rücken gebeugt und sie weit ausgestreckt. Wow. Sie waren großartig, wenn ich das selbst sagen darf.

Calhoun trat mit einem Krallenfuß auf den Vorsprung des Gebäudes und nickte mir zu, damit ich ihm folgte. Er fächelte seine riesigen schwarzen Flügel auf und sprang. Tavis grinste mich an, egal in welcher Form er war, und sprang ebenfalls ab. Vance wartete, trat näher an mich heran und stieß mich mit seinem Kopf in den Rücken. Er schubste mich nicht. Ich kannte ihn zu gut, um zu glauben, dass er das jemals tun würde. Nur eine Berührung, um mein Rückgrat zu stärken, wie er es immer tat, eine Erinnerung daran, dass ich nicht allein war.

Ich trat auf den Vorsprung und starrte direkt auf die Stadt Evenza. Das würde kein Problem sein. Ich war jetzt ein Drache. Ich hatte Flügel. Ich durfte nur nicht nach unten schauen, dann würde ich es schaffen.

Ich schwebte mit meinem Drachenbein über der dünnen Luft und verlagerte mein Gewicht nach vorne.

Ach du Scheiße. Mir ging es *überhaupt* nicht gut. Mein Magen hüpfte mir in den Hals, als ich zu fallen begann. Schneller und schneller zischten die Fenster des Vivix-Gebäudes an mir vorbei. Ich öffnete meinen Mund, um zu schreien, und stieß dann eine riesige Feuerwolke aus.

Nicht hilfreich. *Überhaupt nicht hilfreich.*

Shit! Ich war so verdammt tot.

SIEBEN KAPITEL

FLÜGEL. ICH HATTE SIE. Ich streckte meine noch weiter aus und schlug kräftig mit ihnen. Mein Abstieg verlangsamte sich sofort. Ihre Kraft, mit der sie durch die Luft schnitten, schockierte mich, so viel stärker als meine menschlichen Arme, die wie Zweige aussahen. Ich schwebte eine Sekunde lang und schlug mit den Flügeln. Ich hatte es geschafft. Ich bin geflogen.

Zwei Brüller ertönten direkt unter mir, und ich wagte einen Blick nach unten. Calhoun und Tavis flogen in einem engen Kreis, eine Art Sicherheitsnetz für mich. Ein weiteres Gebrüll kam von oben und Vance' anmutige weiße Flügel brachten ihn näher. Ich konnte spüren, wie ihr Stolz durch die Luft summte und auf meinen Schuppen funkelte.

Aber jetzt ist Schluss mit der Spielerei. Wir hatten einen Krieg zu gewinnen.

Ich verlangsamte meine Flügel so weit, dass ich etwas tiefer schweben konnte, und als ich genug Selbstvertrauen verspürte, richtete ich meinen Kopf auf die Stadt unter mir und flog auf sie zu. Mein Harem hielt mit mir Schritt, und ich war mir sicher, dass wir für die Shifter unter uns ein schöner Anblick waren. Das war der Beweis dafür, dass ich nicht gelogen hatte, als ich ihnen sagte, dass sie ihren Kraftschub bekommen würden. Und für die Fae, die durch die Straßen streiften, war das hier der Moment, in dem sie mit eigenen Augen sehen würden, dass sie keine Chance hatten, diesen Krieg zu gewinnen. Nicht mit den verschobenen Drachen und ihrem neuen Energieschub. Und schon gar nicht mit dem Feuer, das wir gleich auf sie schießen würden, um sie in ihr Land zurückzuschicken.

Über uns vier dröhnte weiteres Gebrüll durch die Nacht. Es kamen noch mehr Drachen.

Die Menschen zerstreuten sich, als sie uns auf die Straße springen sahen, und ihr Schrecken rollte an den Hörnern auf meinem Rücken entlang.

Ich hasste es, das zu tun, was ich gerade tun wollte, aber ich richtete trotzdem einen feurigen Atem auf sie. Da die Fae schon seit Jahren unter uns lebten, ohne dass jemand davon wusste, mussten wir alle in die Luft jagen, egal ob sie menschlich aussahen oder nicht. Sie kauerten auf dem Bürgersteig und schrien, als sie das Feuer kommen sahen, aber es verpuffte, bevor es die Menschen erreichte. Sie blinzelten und blieben unverletzt. Trotzdem hatten sie das nicht verdient. Ich musste einen Weg finden, das lose Band zwischen unseren beiden Arten zu stärken.

Auch mein Harem spuckte Feuer, das auf verschiedene Teile der Straße gerichtet war. Es verblasste, bevor es die meisten Gebäude und Autos berührte, aber manchmal drang es auch durch, ohne die Struktur zu beschädigen, um die Fae darin zu treffen. Eine weitere meiner Ideen, die ich Léas gegeben hatte. Sie lächelte, sichtlich beeindruckt.

Ein geparktes Taxi, in dem sich drei Fae befanden, leerte sich, nachdem Vance einen feurigen Streifen auf es geschossen hatte. Mehrere andere Fahrer und Fahrgäste, die alle Fae waren, verschwanden aus den fahrenden Autos, und die Autos fuhren ohne sie weiter, bis sie auf die Autos vor ihnen krachten.

Ups. Daran hatte ich gar nicht gedacht.

Andere, die vom Feuer getroffen wurden, grinsten glückselig in die Hitze hinein, und Sekunden später sprossen sie Flügel und Schuppen und stiegen in die Luft, um zu helfen. Das waren die Drachenwandler, die wahrscheinlich auf dem Weg zum Vivix-Gebäude waren, um ihren Energieschub zu bekommen. Wir hatten ihnen gerade einen Weg erspart.

Wir waren schnell mit dieser Straße fertig, also bogen wir in eine andere ein. Immer mehr Drachen flogen durch die Stadt, bis sie überall waren, um ihre Heimat von den Fae-Invasoren zurückzuerobern und ihnen zu zeigen, wer der Boss ist.

Es war ein fantastisches Gefühl, wenn wir alle zusammenarbeiteten, um diesen Krieg zu gewinnen. Ich brüllte dieses Gefühl, und mehrere ebenso freudige Stimmen antworteten in der ganzen Stadt.

Es ging immer so weiter, aber ich hatte keine Ahnung, wie lange. Die Gegend um Evenza und Mission Hill und mein Schloss und alles, was dazwischen lag, war sehr groß. Schließlich landete ich wieder auf dem Dach des Vivix-Gebäudes und fühlte mich müde, aber beschwingt, während mein Harem direkt neben mir landete. Nachdem ich meine Augen geschlossen hatte, um mich zu konzentrieren, verwandelte ich mich wieder in meine menschliche Diebin/Drachenkönigin-Form. Als ich die Augen öffnete, kam mein Harem lässig auf mich zu und fickte mich gleichzeitig mit den Augen.

Ich schaute an mir herunter und war schockiert, dass ich es getan hatte, und noch mehr schockiert, dass ich mein Kleid wieder anhatte. Was für eine schöne Überraschung.

Ich grinste. „Ich habe es getan. Ich habe mich verwandelt."

„Das hast du definitiv", sagte Tavis und nahm meine Hand.

„Besser als die meisten, Süße." Calhoun fuhr mit einem Finger über meine nackte Schulter bis zu meinem Kinn und drehte dann meinen Kopf so, dass ich ihn ansehen musste. Ha, ich Armer, dass ich *das* tun musste.

„Du sahst gut aus da draußen." Vance drängte sich hinter mich, seine Hand wanderte zu meinem Rücken und dann tiefer, um meinen Hintern zu streicheln. „Du siehst überall gut aus, aber trotzdem."

Das Hochgefühl, sich zu bewegen und zum ersten Mal zu fliegen, verwandelte sich mit den Berührungen der drei. Mein Drachenfeuer funkelte und brannte hell, wo immer ihre

Blicke landeten, wo immer ihre Fingerspitzen drückten. Meine Atemzüge wurden kürzer, als die Hitze meine Haut erröten ließ und meine Brustwarzen unter meinem Kleid zu schmerzenden Spitzen aufstiegen.

Vance trat näher, um mir einen Kuss auf die Schulter zu geben, so nah, dass ich die Beule in seiner Hose an meinem Hintern spürte. Unerbittliches Verlangen pochte zwischen meinen Schenkeln, und ich presste sie mit einem leisen Stöhnen zusammen.

„Das würde ich gerne wieder tun. Mit euch drei in einem Rennen fliegen", sagte ich zwischen zwei Hosen.

Calhoun beugte sich vor und saugte mit einem hungrigen Knurren mein Ohrläppchen zwischen seine Zähne.

Tavis strich mit seinem Daumen über meinen, während er sich über die Lippen leckte. „Was denkst du, wer gewinnen würde?"

„Ich natürlich." Ich zog ihn zu einem tiefen, brennenden Kuss an meinen Mund und schlang meinen Arm um Vances Hintern, um ihn an mich zu drücken. Mit meiner freien Hand steckte ich einen Finger in Calhouns Hose, um ihn noch näher an mich heranzuziehen, und ließ meine Hand dann zu seinem strammen Schwanz hinuntergleiten.

Ihre Begierde umgab mich und vermischte sich mit meiner eigenen in heißen Impulsen der Macht. Ich wollte sie alle hier und jetzt, um mich unter den Sternen zu ficken, bis ich schrie.

Unsere Energien kochten noch mehr hoch und verwandelten uns alle in sich windende, stöhnende Shifter, die kurz davor waren zu platzen. Tavis küsste mich noch tiefer und seine beiden Hände fuhren unter mein Kleid, um meine schmerzenden Brustwarzen zu streicheln. Als er das tat, stöhnte ich laut auf und konnte mich nicht mehr beherrschen. Mein Drachenfeuer war entfacht worden, und jetzt war es nicht mehr zu löschen.

Vance legte seinen Arm um meine Taille und hielt mich fest, während er sich an meinem Hintern rieb und an meinem Hals leckte und saugte. Calhoun, der lauter atmete als jeder andere von uns, hörte lange genug auf, mich zu streicheln, um seinen Reißverschluss herunterzuziehen und seinen harten Schwanz vollständig freizulegen.

„Bitte." Ich wölbte mich in Tavis, so dass meine Brüste seine Hände ausfüllten, klopfte Vance von hinten auf den Hintern und streichelte Calhoun hart, so dass die Adern in seinem steinharten Schwanz pochten. „Ich brauche mehr."

Das war alles, was ich sagen musste.

Tavis holte seinen Schwanz heraus, während er meinen Mund weiter mit seiner Zunge fickte. Ich schlang meine freie Hand um ihn und streichelte ihn und Calhoun gleichzeitig. Hinter mir schlug Vance den Rücken meines Kleides hoch, packte mich fest an den Hüften und drang mit einem Stoß ganz in mich ein.

Ich schrie bei dem Gefühl auf, aber sie waren noch lange nicht mit mir fertig. Calhoun zog die Vorderseite meines Kleides herunter, bis eine Brust frei lag, dann tauchte er ab und saugte meine Brustwarze in seinen Mund. Tavis verknotete seine Hand an meinem Hinterkopf und neigte ihn, damit er mit seiner Zunge tiefer eindringen konnte.

Apropos Zunge... Während Vance mich von hinten stieß, leckte seine gegabelte Drachenzunge über die Innenseite meiner Schenkel. Das Gefühl machte mich noch feuchter und ließ meinen ganzen Körper vor feurigem Verlangen erbeben. Ein Teil seiner gegabelten Zunge schnippte an meiner Klitoris und der Kerl hatte extremes Talent, denn er konnte den zweiten Teil um seinen gut bestückten Schwanz spannen und nach oben greifen, um mein Arschloch zu kosten.

All ihre Berührungen und ihr Stöhnen trieben mein Drachenfeuer - das Feuer meiner Königin - in kleinen Funken an die Oberfläche meiner Haut. Bald fühlte ich mich, als würde ich glühen, und die Glut wurde heißer und heller, je dringender mein Bedürfnis wurde.

„Ja, *ja*", rief ich.

Mein Orgasmus schoss in mächtigen, heißen Wellen durch mich hindurch und hielt mich zwischen den einzelnen Orgasmen in der Schwebe, so dass er anhielt und anhielt. Oder vielleicht waren es einzelne Orgasmen. Es war mir auch egal. Mein ganzer Körper krümmte sich vor Lust, und bald kam auch mein Harem mit mir. Die Schwänze von Calhoun und Tavis pulsierten und spritzten, während sich ihre Hüften gegen meine Hände stemmten. Hinter mir drückte Vance seinen Kopf an meine Schulter, verlangsamte seine Hüften zu einer sexy Rolle und kam lautstark.

Wir ließen uns aneinander sinken, um wieder zu Atem zu kommen, während mich immer noch Nachbeben durchzuckten. Das Feuer meiner Königin verschwand allmählich wieder in meiner Haut.

„Oh, wow", seufzte ich und lehnte meinen Kopf zurück an Vances Brust. „Vielen Dank dafür."

„Danke", grummelte Calhoun. „Jetzt können wir nach unserem Stromstoß mit dir mithalten."

Tavis spottete. „Hattest du davor eine schwere Zeit, alter Mann? Ich hatte kein Problem, mitzuhalten."

Calhoun schnitt ihn mit seinem Blick in Stücke. „Was ich meinte, war, dass es sich nicht mehr so anfühlt, als würden wir sterben, wenn wir unsere Königin nicht ficken."

„Was?" Ich blinzelte ihn an. „Du hattest das Gefühl, du würdest sterben?"

„Ohne den Stromstoß, ja." Calhoun tippte auf meine Unterlippe und hielt seinen dunklen Blick einen Moment lang darauf, bevor er mir wieder in die Augen sah. „Aber es fühlte sich schlimmer an, als ich nicht in dir war."

„Warum hast du mir das nicht gesagt?", fragte ich. „Ich weiß, wie das ist, oder zumindest glaube ich das, als ich das erste Mal das Drachenfeuer auf mich verschüttet habe."

Vance küsste meine Schläfe. „Du warst ein bisschen zu beschäftigt, um uns ständig zu ficken, Yara."

„Nun... trotzdem. Ich werde es wieder gutmachen", sagte ich.

Tavis grinste, sein Haar war zerzaust und seine Augen funkelten. Alles an ihm sah so verdammt gut aus. „Darauf kann ich es kaum erwarten." Seine Stimme wurde leiser, und jedes Wort ließ mein Blut schneller fließen.

Dann trat Léas aus dem Schatten, ihr schillerndes Drachenschuppenkleid wirbelte um ihre Füße, als wäre es aus Flüssigkeit, und ein wissendes Lächeln lag auf ihrem Gesicht. „Sind wir fertig? Können wir wieder an die Arbeit gehen?"

Mein Harem verstaute schnell alles und ließ sich dann vor ihr in einen Bogen fallen. Ich zog mein Kleid wieder an seinen Platz. Meinem alten Ich wäre das peinlich gewesen, aber Drachenwandler sind nicht darauf bedacht, ihre Begierde zu verstecken. Mir gefiel ihre Art besser.

„Ich habe gerade alle hierher zurückgerufen", sagte sie, wobei ihr langes weißes Haar um sie herum wehte. „Königin Yara hat zuerst ein bisschen Spaß verdient."

Ich grinste. „Da hast du verdammt recht."

Sie lächelte und ließ ihre silbernen Augen zu meinem Kopf hinaufschnellen. „Hier ist deine Krone. Gern geschehen."

Meine Krone erschien auf meinem Kopf, perfekt zentriert, so wie sie sich anfühlte. „Danke."

„Die Feen sind alle weg", sagte sie. „Aber du hast noch eine im Kerker deiner Burg, die nicht einmal das Drachenfeuer erreichen kann."

Bad Mama January, alias Madame Theodosia, alias Gründerin der MACK-Schule. Sie war in den letzten Jahren eine vielbeschäftigte Fee.

Bei dem Gedanken an sie und ihren Betrug hingen meine Schultern schlaff herunter. „Ich kümmere mich um sie."

„Oder ich könnte es." In Léas' schwarzen Augen entbrannte ein Ausdruck purer Wut. „Ich würde gerne das Gehirn hinter meiner Entführung auseinandernehmen."

Ich schüttelte den Kopf. „Sie war einmal meine Freundin." Auch wenn unsere Beziehung nur auf Lügen basierte. Trotzdem vertraute ich ihr, zählte auf sie und sie half mir, Asa zurückzuholen, obwohl ihre Motive nichts mit ihm zu tun hatten. „Ich schicke sie selbst zurück ins Elfenland."

„Nun." Léas verzog den Mund, offensichtlich war sie kein Fan von meiner Idee. „Wenn du dir sicher bist."

Ein paar weitere Drachen gesellten sich auf dem Dach zu uns und verwandelten sich schnell wieder in ihre menschliche Gestalt. Sobald sie Léas und mich sahen, fielen sie auf die Knie.

„Léas", begann ein männlicher Shifter, den ich nicht kannte. „Wie hast du...?"

„Sei still", schnauzte sie und ihre Stimme klang wütend und bissig.

Er verstummte augenblicklich. Niemand sonst wagte ein Wort zu sagen.

Léas ließ ihren Blick über sie alle schweifen, während immer mehr von ihnen auf dem Dach landeten und sich bewegten. Die Neuankömmlinge schienen zu spüren, dass ihre Göttin sauer auf sie war, und hielten ihre Zunge im Zaum, als sie vor ihr knieten.

Und dann verwandelten sich zwei Drachen in Rio und Petra. Offenbar hatte der Stromstoß die Spuren geheilt, die meine Fingerknöchel in ihren Gesichtern hinterlassen hatten, denn sie sahen so wunderschön aus wie immer. Rios riesige Brüste waren in ihrem weißen, perlenbesetzten Kleid zu sehen und wurden von lockeren blonden Locken perfekt eingerahmt. Petras brünettes Haar war zu einer eleganten Hochsteckfrisur hochgesteckt, und sie trug ein schwarzes Kleid, das dem meinen ähnelte, was seltsam war, weil unsere Kleider beim letzten Ritual ähnlich waren. Große Geister denken ähnlich? Nein, nur meins.

Ihre Blicke glitten zu mir und dann zu meinem Harem. Was Scham hätte sein können, erhellte ihre Wangen und ließ sie wegschauen.

Dann richtete sich ihre Aufmerksamkeit auf Léas. Die Dunkelheit, die die Göttin umgab, lud die Luft auf wie ein Gewitter, und die beiden Shifter wichen einen Schritt zurück.

„Léas, wir fühlen uns geehrt, dass du hier bist", sagte Petra mit ihrer schrillen Stimme, die noch piepsiger war als sonst. „Ich bin so froh, dass du in Sicherheit und wieder bei uns bist."

Léas neigte den Kopf und warf ihr einen Blick zu, der mir ein Zittern über die Schultern jagte. „Bist du das, Petra? Es fällt mir schwer zu glauben, dass du dich um irgendetwas anderes kümmerst als um dich selbst."

Sie schluckte schwer. „Nein, ich..."

„Was du und Rio getan habt - der Versuch, die Königin zu vergiften und ihren Harem zu entführen - war Verrat." Dunkle

Energie umspülte die Göttin und ließ alle - mich eingeschlossen - zurückweichen. „Und ich kann nicht behaupten, dass es mich auch nur ein bisschen überrascht, dass du dich von deiner gesamten Spezies abgewandt hast, denn ich habe gesehen, wie du deine kleinen Spielchen geplant hast, um meine Gunst zu erlangen, damit du die Krone gewinnen kannst. Und du fragst dich, warum ich nie daran gedacht habe, einen von euch zu wählen."

Die beiden wurden blass und schienen zu schrumpfen.

„Da eure Taten Königin Yara direkt betroffen haben, werde ich eure Zukunft in ihre Hände legen."

Sie sahen mich mit flehenden Augen an, aber ich hielt mein Gesicht ausdruckslos und meinen Mund geschlossen. Ich ließ sie noch eine Weile in ihren eigenen Sorgen schmoren, aber dann fiel mir die perfekte Strafe ein. Sie würden dabei helfen, die Beziehung der Drachenwandler zu den Menschen zu verbessern. Oh, das würden sie hassen.

„Ich habe mich noch nie so geschämt, eure Göttin zu sein", fuhr Léas fort und wandte sich nun an alle. „Ich wurde von den Feen entführt. Königin Yara hat euch gesagt, wer es war, und was habt ihr getan? Ihr habt euch gegeneinander gewandt."

Die Köpfe der Shifter neigten sich noch mehr und sanken noch tiefer in sich zusammen.

„Königin Yara hat extremen Mut bewiesen, als sie kam, um mich zu holen, während sich keiner von euch auch nur die Mühe machte, freiwillig zu helfen. Ihr wart so voller Hass auf sie, dass ihr nicht darüber hinwegsehen konntet. Sie hingegen hat allen Grund, uns zu hassen, und doch hat sie euch heute Nacht vor den Feen *und* euch selbst gerettet. Deshalb ist sie die Königin."

Ein paar von ihnen nickten und ließen ihre Blicke zu mir schweifen, als würden sie mich vielleicht langsam akzeptieren. Oder sie akzeptieren die Idee, mich zu akzeptieren.

„Ihr könnt jetzt einer nach dem anderen nach vorne kommen und mir eure Geschenke bringen", sagte Léas. „Ich denke, ich habe sie mehr als verdient."

Sie taten es, und es dauerte ewig, bis jeder von ihnen ihr seine Geschenke überreichte. Bei diesem Tempo würden wir die nächsten fünf Vollmonde hier sein.

„Hey", flüsterte Tavis hinter mir und sein Atem ließ eine Gänsehaut in meinem Nacken entstehen.

„Was?", fragte ich und lächelte über meine Schulter.

„Hast du schon mal in der Öffentlichkeit gefickt?"

Ich biss mir auf die Lippe, um nicht zu stöhnen, während meine Muschi bei der Vorstellung schnurrte. Es war so schwer, genug von meinem Harem zu bekommen. Aber das würde mich nicht davon abhalten, es zu versuchen.

„Genau hier?", fragte ich.

„Geh ein Stück zurück zum Aufzug." Er strich mir die Haare zur Seite und leckte und biss mir in den Nacken, wobei die Kraft seines Mundes mir einen Seufzer entlockte. Er drückte seinen Schwanz gegen meinen Arsch, so hart, so bereit. „Ich werde dich von hinten ficken, und niemand wird es merken."

Mein Seufzen wurde zu einem Keuchen, als ich meine Schenkel zusammenpresste. Niemand würde es merken... Das konnte ich kaum glauben, denn beim letzten Mal hatte ich geglüht wie ein Glühwürmchen.

Er schob seine Hand in den Seitenschlitz meines Kleides und bewegte sie über meinen Hintern. Jeder, der hinsah, konnte sehen, dass der vordere Teil meines Kleides immer noch alles bedeckte, was er sollte. Schaudernd öffnete ich meine verkrampften Beine für ihn. Er streichelte mich mit der Hand und seine Finger streichelten meine Falten im gleichen Rhythmus, in dem er gegen meinen Hintern stieß.

„Mmm, schon so feucht", knurrte er.

Meine Lippen öffneten sich mit einem leisen Schrei. Ich presste meine Schenkel wieder zusammen, um ihn dort zu fangen, was ihn zum Kichern brachte, und das Geräusch vibrierte in mir und machte mich noch feuchter.

Wir taten das vor allen Leuten und ich war schon kurz vor einem weiteren Orgasmus. Und niemand sah uns an, außer Calhoun und Vance. Calhoun knurrte leise, als er sich aufrichtete, und Vance' blasse Augen leuchteten vor Verlangen.

Er neigte seinen Kopf in Richtung des Aufzugs auf dem Dach, der nur einen Schritt hinter uns war. „Mach es, wenn du willst. Das wird eine Weile dauern."

Ich schlängelte meine Hand hinter mich und umfasste einladend Tavis' schwere, von seiner Hose verdeckte Eier. Er stöhnte leise und ging mit mir einen Schritt zurück. Calhoun und Vance rückten etwas näher an uns heran, aber nicht so weit, dass uns niemand sehen konnte. So war es mit Tavis - abenteuerlich und unberechenbar. Und ich liebte es.

Sein Reißverschluss öffnete sich und er schob den hinteren Teil meines Kleides hoch. Er schob meine Beine ein wenig weiter auseinander, stützte eine Hand auf meinen Bauch und drang ganz langsam in mich ein. Ich spürte jeden Zentimeter, den er tiefer eindrang, jedes einzelne Gefühl seiner Haut, die auf meine glitt. Normalerweise hatten wir es eilig und waren halb wahnsinnig vor Verlangen, aber hier... konnte ich *alles* spüren. Und jeder der Shifter konnte jederzeit herüberschauen und sehen, was wir taten, obwohl wir uns nicht viel bewegten. Doch die Langsamkeit von Tavis' Stößen, das Risiko, erwischt zu werden, löste in meinem ganzen Körper einen niedrigen, süchtig machenden Puls aus.

Calhoun und Vance wippten mit den Füßen und spannten die Schultern an, als ob sie es auch spüren könnten. Ich biss mir auf die Innenseite meiner Wange und stöhnte, als Tavis mich ganz ausfüllte. Meine Haut fing an zu prickeln, was ein paar Blicke in unsere Richtung zog, aber ich konnte nichts dagegen tun. Calhoun und Vance kamen näher, um uns abzuschirmen, und Tavis nutzte das aus. Er schob seine Hand unter mein Kleid und drückte seinen Daumen fest gegen meine Klitoris. Gleichzeitig stieß er in mich hinein und schob seine freie Hand über meinen Mund, um mein schweres Stöhnen zum Schweigen zu bringen. Seine Finger und sein Schwanz wurden unbarmherzig, ließen einen Orgasmus durch mich hindurchfließen und über meine Haut sprühen. Ich war mir sicher, dass wir noch mehr Blicke auf uns zogen, weil ich den Nachthimmel erhellte, aber das war mir egal. Tavis war zu gut. Er wurde nicht langsamer, sondern melkte mich einfach weiter, während ich um ihn herum zitterte. Dann drückte er seine Lippen auf meine nackte Schulter und seufzte schwer, als er in mir kam.

„Und so wird es gemacht", flüsterte er.

Ich lachte hauchzart, denn ich war mir nicht sicher, ob ich noch viel tun konnte. Die Funken auf meiner Haut begannen zu verblassen, und als ich mich aus meiner Benommenheit nach dem Sex herausblinzelte, merkte ich, dass die Shifter endlich weg waren.

Léas schritt auf uns zu, und mein Harem verneigte sich. „Du hattest recht, Yara."

„Das hatte ich?"

Sie winkte den Schatzhaufen hinter ihr zu. „Geschenke sind viel besser als Opfer."

Ich schaute meinen Harem an, jeder von ihnen mit einem heimlichen Lächeln über das, was Tavis und ich gerade getan hatten, und dachte dann an meinen Bruder zu Hause, der noch lebte und auf mich wartete. Das waren meine Geschenke. „Das sind sie wirklich."

ACHTES KAPITEL

„WEISST DU WAS, KLEINER?" Ich schritt in den Kunstraum und fand meinen kleinen Lieblingsbruder, der mit Tavis und Vance malte.

Und Calhoun. Meine Augen weiteten sich, als ich ihn dort mit gerunzelten Augenbrauen sah, während er einen Felsen mit Präzision bemalte.

Er schaute auf und lächelte. „Was? Es ist kathartisch. Es lenkt mich ab von..." Sein Lächeln wurde verrucht. „Von anderen Dingen, die ich tun könnte."

Ich musste kichern. „Und du bist ziemlich gut darin, diese... anderen Dinge zu tun."

„Und Felsenmalerei", verkündete Asa, als er einen großen Felsen hochhielt. „Das ist einer von Calhoun. Siehst du, wie toll er ist?"

„Es ist erstaunlich." Es war schwarz gestrichen und hatte in der Mitte eine Art Muster, das mir irgendwie bekannt vorkam.

Als ich näher herantrat und die Augen zusammenkniff, erkannte ich, dass es ein silberner Staubsauger war. Mir fiel die Kinnlade herunter und ich starrte Calhoun an. „Du musst ein größerer Fan von Staubsaugern sein als ich."

Mein Harem hat gelacht.

„Ich bin ein großer Fan, Schatz", sagte Calhoun.

Tavis' blaue Augen funkelten. „Ich überlege, ob ich meinen Namen in Isbon ändern soll."

Ich schnaubte. „Nein, bitte nicht."

Vance nickte. „Ein Staubsauger hat unser Leben zum Besseren verändert."

„Ebenfalls", gab ich zu, obwohl es eine Zeit lang ziemlich hart war, bis zu dem Punkt, an dem ich mir sicher war, dass ich mehrmals sterben würde.

Asa hielt seine Malerei lange genug inne, um mir zuzuzwinkern. „Hast du mir etwas zu sagen?"

„Ja. Ich muss noch eine Sache erledigen, und dann gehört der Rest des Tages dir."

Er atmete scharf ein. „Wer bist du, und was hast du mit meiner Schwester gemacht?"

Lachend umkreiste ich sie und drückte allen einen Kuss auf den Kopf, so dankbar war ich für jeden einzelnen von ihnen in meinem Leben. „Wir sehen uns gleich wieder."

„Bist du sicher, dass du uns nicht brauchst?", fragte Vance.

„Immer", sagte ich mit einem Grinsen, das wahrscheinlich albern aussah, aber egal. „Aber nicht für das hier."

Im Kerker des Schlosses fand ich Bad Mama January hinter den Gittern stehen, als hätte sie auf mich gewartet. Ich hatte sie schon so oft in ihrem Rollstuhl gesehen, dass er fast wie ein Teil von ihr war, aber jetzt, ohne ihn, war sie mir noch fremder. Ihr langes silberweißes Haar ragte wie Drähte aus ihrem perlenbesetzten Oberteil heraus und ihr geblümter Rock verdeckte fast ihre schwarzen Stiefel mit den goldenen Schnürsenkeln.

„Sieht so aus, als hätte ich dich unterschätzt", sagte sie.

„Nein, hast du nicht." Ich trat näher, damit sie meine Krone sehen konnte, das, was ich mit ihrer Hilfe geworden war. „Du hast mich als Königin vorausgesagt, erinnerst du dich, Madame Theodosia? Oder bevorzugst du den Namen Bad Mama January?"

Sie blieb stumm, ihr leerer Gesichtsausdruck verriet nichts von ihren Gedanken.

„Ich bin hier, um dich in dein Feenland zurückzuschicken", sagte ich.

„Wie kommst du darauf, dass ich nicht zurückkomme?"

„Weil die Bad Mama, die ich kannte, nicht dumm ist. Du hast einen Krieg begonnen und du hast verloren. Gegen mich kannst du nicht gewinnen."

Sie schaute auf eine Stelle auf dem Kerkerboden und nickte. „Ich hätte wissen müssen, mit wem ich es zu tun habe."

„Das hast du. Du wusstest fast alles über mich und ich habe dich kein einziges Mal belogen." Und ich hatte nicht vor, jetzt aufzuhören, auch wenn unsere Beziehung bereits beendet war. Es hatte weh getan, auch jetzt noch. „Du warst meine Freundin und ich habe dir alles anvertraut, auch das Leben meines Bruders."

Sie sah auf. „Ich weiß."

Ich hielt ihrem Blick einen langen Moment lang stand und redete ein letztes Mal mit mir selbst darüber, dass dies die richtige Entscheidung war. „Deshalb werde ich dich alleine gehen lassen, damit du in dein Land zurückkehren kannst."

Ihre Augen weiteten sich leicht. „Ich habe die getötet, über die du jetzt herrschst."

„Ja, aber du hast mir auch geholfen, Bad Mama, also werde ich mich lieber an diesen Teil von dir erinnern als an den Rest." Ich öffnete die Tür zu ihrer Zelle.

Mit verkniffenem Mund und prüfendem Blick trat sie aus dem Raum, als würde ich gleich sagen: „War nur ein Scherz" und sie wieder reinschupsen. Vielleicht hätte ich sie als Königin nicht so behandeln sollen. Vielleicht hätte ich sie bestrafen oder ein Exempel an ihr statuieren sollen, aber das fühlte sich tief in meinen Knochen richtig an.

Sie wollte etwas sagen, schien es sich dann aber anders zu überlegen und ein resignierter Ausdruck legte sich auf ihre feinen Gesichtszüge. „Die Krone steht dir gut, Booklet."

Das unerwartete Kompliment einer Fee ließ mich zusammenzucken, aber ich versuchte, es mir nicht anmerken zu lassen. Der optimistische Teil in mir hoffte, dass Fae und Drachenwandler eines Tages wieder Verbündete sein könnten, aber der pessimistische Teil in mir wusste, dass das nie passieren würde. Genauso wie ich tief in mir wusste, dass ich Bad Mama January nie wieder sehen würde.

„Nur eine Frage noch..." sagte ich. „Warum die Besessenheit mit dem Staubsauger? Warum MACK?"

Schatten verfolgten ihre Augen und sie schaute weg. „Meine Tochter hat den Isbon Mack erfunden. Sie war ... brillant, wie du."

War, hatte sie gesagt. *War* brillant. Also hatte sie nicht gelogen, als sie mir sagte, ihre Tochter sei tot. Wenn ich raten müsste, wäre sie nicht von Drachenwandlern geopfert worden, wie sie gesagt hatte.

Ich winkte ihr mit der Hand, mir vorauszugehen, und führte sie selbst aus dem Schloss hinaus auf die Straße. Keiner von uns beiden sagte ein weiteres Wort, und Bad Mama machte keine falsche Bewegung. Sie wusste, dass der Krieg wirklich vorbei war.

Als ich in den Kunstraum und zu den vier Gesichtern zurückkehrte, die ich am meisten auf dieser Welt bewunderte, breitete sich eine Leichtigkeit in meiner Brust aus, die es mir erlaubte, selbst das Rückgrat hochzuziehen und mich der Zukunft zu stellen.

Asa blickte auf und zeigte dann mit seinem Pinsel auf den Stuhl neben ihm. „Yo, lass uns das Ding machen."

Ich ging auf ihn zu und grinste ihn von einem Ohr zum anderen an.

Mein Harem schaute mir zu, als ich mich näherte. Sie sahen so gesund aus, dass sie praktisch vor Magie glitzerten.

„Alles in Ordnung?" murmelte Vance mir gegenüber.

„Ja." Ich hob einen Stein vom Haufen auf und fand einen sauberen Pinsel. „Es ist alles in Ordnung."

Zum ersten Mal seit langer Zeit war für eine menschliche Diebin, die zur Drachenwandlerkönigin wurde, wirklich alles in Ordnung.

WENN DU EINE REZENSION für dieses Buch hinterlässt, erhöht das die Chance, dass drei heiße Drachenwandler heute Nacht deine Träume besuchen...

Über den Autor

Holly Ryan ist das Pseudonym einer *USA* Today-Bestsellerautorin, die eines Tages sagte: „Scheiß drauf. Ich werde Bücher schreiben, in denen es richtig knistert.“ Sie wird von Wein angeheizt, daher stammt wahrscheinlich auch die Idee.

https://www.hollyryanwrites.com/deutsch/

Milton Keynes UK
Ingram Content Group UK Ltd.
UKHW011946160224
437951UK00001B/35

9 798223 771258